[六书坊 Six Arts Library Series]

董宏猷 著

江南淘书记乙编

武汉大学出版社

图书在版编目(CIP)数据

江南淘书记乙编/董宏猷著. —武汉:武汉大学出版社,2015.1
六书坊
ISBN 978-7-307-14774-4

Ⅰ.江… Ⅱ.董… Ⅲ.随笔—作品集—中国—当代
Ⅳ.I267.1

中国版本图书馆 CIP 数据核字(2014)第 257596 号

责任编辑:荣　虹　　责任校对:汪欣怡　　版式设计:韩闻锦

出版发行:**武汉大学出版社**　　(430072　武昌　珞珈山)
　　　　　(电子邮件:cbs22@whu.edu.cn 网址:www.wdp.com.cn)
印刷:湖北钟祥知音印务有限公司
开本:880×1230　1/32　印张:7　字数:120 千字
版次:2015 年 1 月第 1 版　　2015 年 1 月第 1 次印刷
ISBN 978-7-307-14774-4　　定价:18.00 元

版权所有,不得翻印;凡购买我社的图书,如有缺页、倒页、脱页等质量问题,请与当地图书销售部门联系调换。

董宏猷 作家,现居武汉。喜欢淘书,收藏旧书,书法,摄影,自由长旅,自在品茗。

编委会

主编 张福臣

编委（以姓氏笔画为序）

文 祥　艾 杰　刘晓航　张 璇

张福臣　周 劼　郭 静　夏敏玲

萧继石　落 子

自　　序

写这篇自序的时候，正是甲午中秋。佳节的祝福浪潮还在汹涌，节前一天应该是高潮了。佳节的当天，常常是平静的。因此，便是我写文章的好时节。

这本《江南淘书记乙编》，与另一本书话《江南淘书记》，是一棵树上的两个石榴。其中的大部分文章，曾经在《大武汉》之《白壁斋书话》专栏发表过，颇受读者的喜爱与关注。《江南淘书记》之侧重，在人，因人谈书；而《江南淘书记乙编》之侧重，在淘，记淘书之趣。其实，我所喜爱的，也是大家淘书藏书的故事。昔日知堂先生逛厂甸，"在半个月中我去了四次，这与玄同半农诸公比较不免是小巫之尤"。想来钱玄同、刘半农诸公大概每天都要去逛逛的。郁达夫喝酒后，"但终喝不醉，就跑到旧书铺去买书"。朱自清在家乡读中学的时候，"家里每月给零用一元，大部分报效了一家广益书局"。阿英"只要身边还剩余两元钱，而那一天下午又没有什么事，总会有一个念头袭来，何不到城里去看看旧书?"阿英是大藏书家了。他写的得书记,也很有意思。他在写《李伯元传》的时候,欲买《海天鸿雪记》而不得,非常焦急。一天,去一家旧书店,却看见有人提一大扎书来,里面正有其焦急寻找的《海天鸿雪记》四本。其记淘书之乐之苦,曾叹道:"孜孜写作缘何事?烂额焦头为买书。"而施蛰存先生的乡贤姚鹓雏先生的书联,亦深得吾心:"暇日轩眉哦大句,冷摊负手对残书。"道尽爱书人之情趣也。

这些年来,淘书已经成为我的一种生活方式。每到一地,无论多忙,都要想方设法去淘书的。朋友们亦知我的嗜好,常常事先打听当地的旧书店,稍有暇,便设法带我去。时间紧迫,路途常常塞车,历尽千辛万苦,到了书店,往往无一书可淘,便象征性地带几本书走,以作纪念耳。因此,我不是藏书家,也不是所谓的玩家,只是一爱书人而已。如外婆当年说我,就是一条书虫。逛书店,是一种文化散步,文化休闲,一种生活的情趣,不必演绎成高大上,风雅颂。淘书,尤其是淘旧书,其实淘的就是一个过程,是生命里一点点美丽的惦记。能称得上藏书家的,郑振铎先生走了,阿英先生走了,黄裳先生也走了,他们的藏书,也许会开始新的旅程,但是,他们淘书藏书的故事,淘书藏书的过程,千淘万沥的精神,却会永远流传。

在我的淘书经历中,愉悦和惊喜是常有的,但是,却没有什么传奇可言。我说的传奇,自然是书籍,是改变了世界的书籍,是改变了人类的书籍。而我的读书、写书、淘书、藏书,只是这些传奇故事中一片绿色的树叶。如同今天,中秋月圆,我则与书共度佳节。便有打油诗一首,博书友一笑:

> 书作墙壁画作窗,
> 佳节正好写文章。
> 四海喧腾我独静,
> 丹桂有情正飘香。

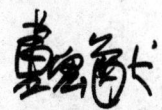

甲午中秋于汉口白壁斋

目 录
CONTENTS

志摩之死	001
雨巷丁香	006
天心月圆	011
万众一心	016
泥土与硝烟	022
厚重的落花	028
朴园怀钱	033
诗书流传	039
发现春泉	044
淘到手稿	050
受赠白裘	057
新年赠书	063
一篓木炭	068
无书之城	073

目　录
CONTENTS

西施捡漏	079
常州一勺	085
烟云安在	091
弄堂书香	098
梦想未来	104
偶然之花	110
定海龙鳞	116
深圳嫁书	122
方所一品	127
南国书香	132
岁月如刀	138
隆福寺，再见	143
家园春播	149
珍本流传	154

地震说书	159
永恒的故居	164
寂寞与永恒	170
"书虫"自供	178
静静的《金瓶梅》	182
藏书梦	187
白壁书话	192

志摩之死

1931年11月18日,诗人徐志摩从上海乘早车到了南京,住进了朋友何竞武的家中。何家离飞机场很近,徐志摩要在第二天免费搭乘中国航空公司的邮政班机济南号飞返北平。19日有雾,林徽因当天晚上在北平协和小礼堂为外国使节演讲中国建筑艺术,徐志摩要赶去听林徽因的演讲。

晚上,徐志摩到了前妻张幼仪的哥哥张歆海的家中聊天。张歆海的妻子韩湘眉,在中国二三十年代的文坛上,与冰心、林徽因、凌淑华并称"四大美人",徐志摩曾一度倾心于她。韩湘眉是现代女性,从不避讳与徐志摩的友谊,经常在聚会离别时,公开亲吻徐志摩的面颊而告别。听说第二天有雾,大家都为志摩担心。韩湘眉忽有所感地说:"明天可能要出事,志摩!"

徐志摩顽皮地笑着说:"你怕我死么?"

"志摩!正经话,总是当心点的好。"

"没有关系,我总是要飞的。"

"你这次乘飞机,小曼说什么没有?"

"小曼说,我若坐飞机死了,她做风流寡妇。"

这时,杨杏佛接嘴说:"凡是寡妇皆风流。"

说罢,大家都笑起来。

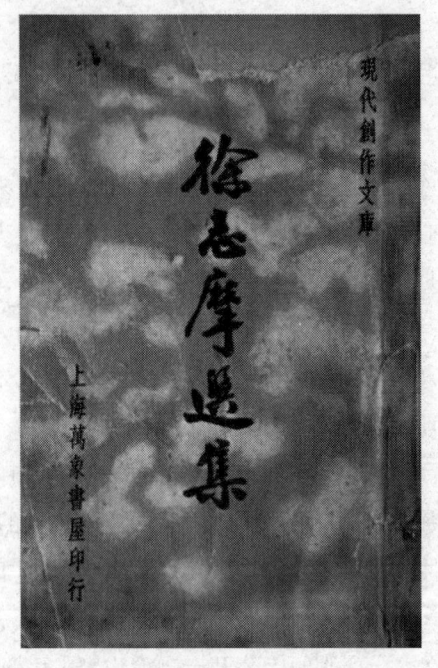

《徐志摩选集》书影

这是徐志摩生命中的最后一个夜晚。聊到深夜,告别时,徐志摩极温柔的,像长兄似的,轻吻了韩湘眉的左颊。谁也没想到,这一吻,竟是永诀。

19日上午,"济南号"8时从南京起飞,徐志摩免费坐在舱后,与邮件一起,飞上雨雾蒙蒙的天空。当时的报道称:"飞行至济南城南卅里党家庄,因天雨雾大,误触开山山顶,当即坠落山下。"诗人徐志摩英年36岁,不幸遇难。

前一晚的笑谈,一语成谶。志摩死,小曼真的成了寡妇。

三天后,闻讯赶到事故现场的友人,有沈从文、梁思成等,以及志摩的儿子。沈从文后来的文章,详细描述了当时的情景:

> 我们一同经过志摩停柩处时,约九点半钟,天正落小雨,地下泥滑滑的,那地方是个小庙,庙名似乎叫"福缘庵"。一进去小院子里,满是济南人日常应用的陶器。在庙中偏右墙壁下,停了一具棺材,棺木里静静地躺着的志摩,戴了一顶红顶绒球青缎子瓜皮帽,帽前还嵌了一小方丝料烧成"帽正",露出一个掩盖不尽的额角,右额角上一个李子大斜洞,这显然是他的致命伤。眼睛是微张的,他不愿意死!鼻子略略发肿。想来是火灼炙的。门牙脱尽,额角上那个小洞,皆可说明是向前猛撞的结果。这就是永远见得生气勃勃,永远不知道有"敌人"的志摩。这就是他?他是那么爱热闹的人,如今却这样一个人躺在这小庙里。安静的躺在这个小而且破的古庙里,让一堆坛坛罐罐包围着的,便是另外一时生龙活虎一般的志

摩吗?他知道他在最后一刻,扮了一个什么样稀奇角色!不嫌脏、不怕静,躺到这个地方,受济南市土制香烟缭绕的门外是一条热闹街市,恰如他诗句中的"听市谣围抱",真是一件任何人也想象不及的事情。

当我写这篇文章的时候,我也想象不及的是,志摩遇难后,竟然孤零零地在失事地点躺了三天,才有亲友来看他,将他接走。

便想起徐志摩的诗:《火车擒住轨》:

火车擒住轨,在黑夜里奔;
过山,过水,过陈死人的坟;
过桥,听钢骨牛喘似的叫,
过荒野,过门户破烂的庙;
……睁大了眼,什么事都看分明,
但自己又何尝能支使命运?

人生无常。他知道自己最后会躺在一个"门户破烂的庙"里吗?

徐志摩飞机失事的地方,叫开山。附近有山东工艺美术学院,王征是该校的老师,他编的《哭摩》一书,详细地收集了徐志摩之死以及各种悼念文章。当然,我最感动的,是林徽因嘱托梁思成从失事地点捡了一块飞机残骸,带回北平。林徽因便将这块残骸装框,挂在自己的卧室里。徐志摩与林徽因、梁思成的故事，路人皆知。但是，最令我感动的，便是民国人物这样坦荡澄明的胸襟。

我收藏的《徐志摩选集》，是 20 世纪 80 年代在北京中国书店淘到的。上海万象书屋"现代创作文库"第六辑，民国二十五年四月（1936 年）初版，标价 40 元，我当时的月工资是 43 元 5 角。书中选辑了徐志摩的诗歌、散文和小说，作品前，有穆木天的长文《徐志摩论》。我注意到，现在年轻人最熟悉的《再别康桥》没有选编其中，倒是选有一首《我来扬子江边买一把莲蓬》。那是 1925 年徐志摩与陆小曼热恋时写的爱情诗：

> 我来扬子江边买一把莲蓬；
> 手剥一层层莲衣，
> 看江鸥在眼前飞，
> 忍含着一眼悲泪——
> ……
> 我尝一尝莲心，我的心比莲心苦；
> 我长夜里怔忡，
> 挣不开的恶梦，
> 谁知我的苦痛？

写此文之时，正是甲午仲夏，武汉满湖的荷花，开得艳艳的了。扬子江边的莲蓬，不日即将饱满而清香。志摩先生，你还会来买莲蓬吗？

雨巷丁香

此刻,窗外阳光炽热,蝉声如雨。不用说,今天又是高温了。在这样炎热的夏天,我自然是忙于给孩子们讲课了,因为阅读,是许许多多孩子暑假中的必修课。我的许多朋友们,也在给孩子们讲故事,而经典的《小红帽》啊,《灰姑娘》啊,《睡美人》啊,应该是孩子们喜爱的童话故事了。

便想起了这些童话的翻译者:戴望舒先生。

说起戴望舒,大家最熟悉的,就是他的代表作《雨巷》了。

> 撑着油纸伞,独自
> 彷徨在悠长、悠长
> 又寂寥的雨巷,
> 我希望逢着
> 一个丁香一样地
> 结着愁怨的姑娘。

这是一首优美惆怅的抒情诗。悠长、狭窄而又寂寥的"雨巷",江南水乡的油纸伞,纯洁的丁香。浓重的象征色彩,迷离的抑扬顿挫,使整首诗呈现出一种异样的美感。南唐后主李璟也写过一曲关于丁香的《浣溪沙》:"青鸟不传云外信,丁香空结雨中愁。回首绿波三楚暮,接天流。"李璟也说丁香,也说雨中愁,但是,在戴望舒的笔下,丁香和雨中愁应该有了进一步的含义。这首短诗是这样的有名,以致戴望舒从此有了"雨巷诗人"的别名。

但同时,也或多或少地遮蔽了他作为现代著名翻译家的光芒。

戴望舒的诗歌,无疑深受法国象征主义的影响,他的翻译作品,比如我收藏的《鹅妈妈的故事》与《青色鸟》,也都是法国的古典童话。看来,戴望舒的创作与法国结下了不解之缘。说来有意思,他到法国留学,也与他心中永远的"丁香姑娘"有关。

"丁香姑娘"究竟是谁?戴望舒的长女戴咏素曾经说过:"施绛年是'丁香姑娘'的原型。施绛年虽然比不上我妈以及爸爸的第二任太太杨静美貌,但是她的个子很高,与我爸爸一米八几的大高个很相配,气质与《雨巷》里那个幽怨的女孩相似。"

戴咏素所说的施绛年,是戴望舒好友、现代文学作家施蛰存的妹妹。早在1922年,戴望舒便与施蛰存、杜衡、张天翼等朋友组成文学社团"兰社",创办

《鹅妈妈的故事》插图

小旬刊《兰友》。当时,施蛰存的家不在杭州,便寄居在戴望舒的家里。而到了1927年,政局突变,戴望舒便与杜衡躲到上海施蛰存家里暂住。施蛰存回忆说:"我家里有一间小厢楼,从此成为我们三人的政治避难所,同时也是我们的文学工场。""文学工场"越开越兴旺,翻译、写作,不亦乐乎,就是在这里,戴望舒爱上了施蛰存的大妹妹施绛年。

施绛年当时在上海中学读书,性格活泼,美丽可人。戴望舒曾向施绛年大胆表白，无奈施绛年对他只有敬重之心，而无爱慕之情。戴望舒痛苦不堪，甚至闹到要跳楼自杀的地步。施蛰存则只能采取中立的立场："一个是我的大妹妹，一个是我的亲密朋友，闹得不可开交，亦纯属他们自己私人之事，我说什么好呢？"

戴望舒以死相求，施绛年终于勉强答应与他先订婚。但是，她提出了一个条件，戴望舒必须出国求个学位，回国有个稳定的收入才行。于是，戴望舒为了爱情，赴法留学。可是，在巴黎一年，他几乎没听一堂课，每天躲在宿舍里，埋头翻译书稿，以换取生活费。施蛰存则在国内为他联系发表出版，然后，将稿酬换成法郎寄去。有时费用不足，施蛰存还将自己的薪水寄去救急。哥哥如此仗义，妹妹却移情别恋，爱上了一个冰箱推销员。据说，当年在上海，冰箱推销员是个时髦的职业，收入颇丰。美丽的丁香终于败在了冰冷的冰箱之下。于是，戴望舒一辈子就陷进寂寥的雨巷里，走不出来，直至消失在雨巷中。

当然，我们要感谢丁香的是，由于戴望舒和朋友们在施家开办的"文学工场"，以及后来留学法国，我们终于有了象征主义的诗歌，以及一大批译著。我收藏的《鹅妈妈的故事》，上海开明书店1928年11月初版，收录了《林中睡美人》、《小红帽》、《灰姑娘》等八篇法国古典童话。《鹅妈妈的故事》诞生于17世纪的法国，整理它的作者，是法国的沙尔·贝洛等童话作家。这部童话集一经问世，便深受孩子们的喜爱，立即成为法国家喻户晓的儿童经典读物。该书中的插画，均为铜版画，其作者是19世纪法国著名版画家、雕刻家和插画家古斯塔夫·多雷。多雷曾经为《圣经》以及拉伯雷、巴尔扎克、但丁、弥尔顿、塞万提斯等人的作品作过插图，他的作品以铜版画为主，多是黑白两色，层次分明，充实饱满，质感强烈。有意思的是，开明书店出版的《鹅妈妈的故事》一书中的环衬，是由丰子恺先生画的漫画：一个小男孩趴在窗口，望着窗下的美食，苹果啊，香蕉啊，莲藕啊，涎水潺潺，雨点般地流了下来，十分有趣。

另一本《青色鸟》，也是开明书店出版，民国二十二年十月（1933年）初版。戴望舒翻译的这两本童话，均列入开明书店"世界少年文学丛刊"。《青色鸟》的内封，也是丰子恺的设计，两个小孩背靠背拉扯着缠绕在两边大树上的布带，形成长方形的环衬，十分有童趣。书中也附有多雷的铜版画。在19世纪的后半叶，多雷的创作室几乎左右了欧洲整个插图版画工业，在1860年到1900年的四十年间，欧洲和美国以平均每八天一个版本的速度出版他的作品，真是叹为观止。

窗外是炽热的高温，翻阅着这些八十多年前的图文并茂的童书，我仍然看到了"丁香一样的颜色"，嗅到了"丁香一样的芬芳"。

天心月圆

在杭州晓风书屋买的书,近日寄到了。其中,有丰一吟新著的《爸爸丰子恺》,我喜欢书中朴素的故事,更喜欢书中大量的图片,包括丰子恺先生的漫画。

丰一吟回忆道,缘缘堂修建上梁的时候,按照当地的习俗,做了许多"上梁馒头"。为纪念长眠的祖母即丰子恺先生的母亲,子恺先生书写"春晖"二字,亲手刻成图章,用红色盖在每一个馒头上,抛撒给前来看热闹的人。建新房上梁抛馒头,我下乡的原汉阳县农村也有这样的风俗,在馒头中央盖一个红印。丰子恺先生书写"春晖",自然是来自"谁言寸草心,报得三春晖"。慈母春晖,不能忘也。

丰子恺一辈子不能忘却的,当然还有他的恩师李叔同。

丰子恺1914年入浙江省立第一师范学校读书,李叔同便是该校的美术音乐教师。他称李叔同为"爸爸",称另外一位老师夏丏尊为"妈妈",这两位老师,尤其是李叔同，对他的一生影响甚大。1918年秋，李叔同在杭州虎跑寺出家，现存传世的照片中，他的两位学生去看他，并合影。其中一位，便是丰子恺。

丰子恺对李叔同的敬仰崇拜，夺人心魄。连夏丏尊也说："子恺被李叔同迷住了！"李叔同出家后，丰子恺不但经常去看望，数年后，自己也皈依了佛门。修建缘缘堂的时候，丰子恺请弘一大师替他的居舍取名，大师要丰子恺在许多小纸片上分别写上自己喜欢的文字，然后把每张纸片都揉成小纸团，撒在释迦牟尼像的供桌上，让丰子恺自己去抓阄。结果，丰子恺连续两次都抓到了"缘"字，于是，便为新居取名为"缘缘堂"，堂名之横额，也是请弘一大师题写。

李叔同丰子恺师生二人的美谈，当然是合作《护生画集》。在生活中，丰子恺的"护生"，也令人莞尔。有一次，丰子恺从石门湾携带一只鸡，到杭州云栖放生。他不忍心把鸡倒提着，于是，便撩起长袍，把鸡放在里面，外面用手兜着。行至长安镇火车站，其怪异行为引起一便衣侦探的怀疑，便追踪到杭州，一出站门，便把丰子恺抓住。幸亏站外早有人迎候，说明原委，侦探才知跟错了人。看到丰子恺尴尬地捧着要放生的母鸡，众人大笑不已。

丰子恺既是中国现代著名的漫画家，也是风格独特的散文家。其画其文，雍容恬静，诗趣盎然。其漫画，常常寥寥几笔，就勾画出令人寻味之意境，如《人

《车厢社会》书影

散后,一钩新月天如水》,几个茶杯,一卷帘笼,便含意韵无限。我特别喜欢丰先生以儿童作为题材的漫画,如《阿宝赤膊》,《你给我削瓜,我给你打扇》等,那么童趣,那么幽默自然。弘一法师出家前,曾于1916年寒假,到西湖虎跑定慧寺去断食体验,取老子"能婴儿乎"之意,改名"李婴"。丰子恺从弘一法师(李叔同)皈依佛门后,取法名"婴行",二位大师"复归于婴儿",纯真自然,天人合一也。世人常诧异于宏兽体魄雄壮，长须飘然，却去写寂寞的儿童文学，殊不知大胡子之追求，亦在淡泊自在，纯真自然，"复归于婴儿"也。

丰子恺先生的作品众多。这些年，我也收藏了一些。顺手拿到的，是散文集《艺术趣味》，开明书店民国二十三年十一月（1934年）初版，民国三十八年一月（1949年）八版。另一本散文集《车厢社会》，则是上海良友公司1946年11月初版。最近淘到的《艺术修养基础》，香港文化供应社印行，民国三十五年十二月（1946年）香港初版。在我收藏的众多民国书籍中，有许多是丰子恺先生作封面、作插图的，这些作品，我非常地喜欢。

我还喜欢先生的随性自然。先生虽然皈依佛门，但本心所适，荤酒不戒，先生善饮酒。抗战期间，定居重庆，住城郊沙坪小屋，卖字画为生，自辟菜园，种瓜豆，养家禽，与友饮酒，怡然自得。抗战胜利，携眷回到石门湾，缘缘堂已被日寇轰炸，灰飞烟灭。先生乃痛饮千杯而去。

到了晚年，适逢"文革"，一生淡泊的丰子恺先生，竟然遭到造反派十万人批斗，罪名是其编的童书中有一句童谣："东方出了个绿太阳"，犯了大忌。批斗完，先生回家，泰然饮酒，日饮斗升。1975年，在去世前的一个多月，已经78岁的丰子恺，在给儿子丰新枚的信中说："我日饮黄酒一斤，吸烟一包，可谓书酒尚堪驱使去,未须料理白头人也。"如此心神洒然,真神仙风骨也。

而弘一法师涅槃前夕,于弥留之际,书"悲欣交集"四字,令人铭心。其与诗友告别之偈曰:"君子之交,其淡如水。执象而求,咫尺千里。问余何适?廓尔亡言。花枝春满,天心月圆。"

丰子恺先生的画与散文,以及艺术人生,何尝不是"花枝春满,天心月圆"。

万众一心

今天是个特殊的日子,公历 8 月 15 日。六十九年前的今天,日本战败投降,中国八年抗战取得胜利。此刻提笔写书话,耳畔自然响起的,是庄严的《义勇军进行曲》。

在我的收藏中,田汉先生的作品不是很多,戏剧集只有一本《回春之曲》,1935 年由上海普通书店出版,收录了田汉先生的六部剧作。其中,最有名的,便是《回春之曲》。

这首歌,这部剧,与田汉有关,与聂耳有关,同时,与另外一位从南洋归来的女性也有关。

《义勇军进行曲》是田汉为电影《风云儿女》写的主题歌。那是 1935 年的冬天,刚刚过完元宵节。傍晚,上海的天气愈发阴冷。田汉来到新亚饭店,与朋友们商谈有关梅兰芳访问苏联的事情。那时的田汉,正忙着创作电影《风云儿女》,同时,还忙着左翼戏剧家联盟的领导工作。晚上 10 点钟,他才回到民厚北里的家。一进家门,等候他的,是国民党特务冰冷的手铐。就在那个冬天,中共江苏省委和上海文委被破坏,田汉与阳翰笙、杜国庠等被捕入狱。与田汉一起被捕的,还有他的妻子林维中和女儿田玛莉。

林维中是田汉的第三任妻子,曾经在南洋教书。有一次,她在《醒狮周报》上读到了田汉悼念亡妻的诗文,十分感动。便立即给素未谋面的田汉写了一封信,真诚地表示:我愿意来照顾你的母亲,照顾你的孩子。

《回春之曲》书影

这封来自南洋的来信,也深深感动了田汉。于是,两人开始了长达三年的鸿雁传书。

田汉悼念的,是他的结发妻子易漱瑜。易漱瑜是他青梅竹马的亲表妹,田汉当然难以忘怀:"生平一点心头热,死后犹存体上温。应是泪珠还我尽,可怜枯眼尚留痕。"易漱瑜临终前,将自己的孩子、丈夫,托付给同学、闺蜜黄大琳。田汉不能违背发妻遗愿,遂与黄大琳再结连理。

田汉再婚的第二年,林维中利用暑假来到上海。通信三年,两人才第一次见面,林维中来沪的结果,便是田汉与黄大琳友好地分手。我最感佩的,便是民国人物的这种风范,不仅坦荡离婚,而且在《良友》画报上公开登出离婚合影,同时,发表田汉的分手感言:"为着我们精神的自由,为着我们不渝的友谊,我绝然与你小别了,亲爱的大琳!"

田汉一家被捕后,在友人的努力下,林维中和女儿很快被释放,田汉则被秘密押往南京。林维中也义无反顾前往南京,一方面照顾狱中的田汉,一方面四处奔波,联络徐悲鸿、宗白华等友人,积极营救田汉。入狱前,田汉刚刚写好《风云儿女》的剧本,还未来得及写分镜头脚本。在狱中,他继续关注着《风云儿女》的拍摄进展,在一张烟盒锡衬纸上写下了《义勇军进行曲》的歌词,交给林维中带出监狱,交给了电通公司。当时,聂耳正准备去日本,听说有一首主题歌要写,便主动请缨,将歌词带到日本,谱曲后,寄回了上海。然后,由贺绿汀先生请当时在上海百代公司担任乐队指挥的前苏联作曲家阿龙·阿普夏洛莫夫配器,激昂庄严的《义勇军进行曲》便作为《风云儿女》的主题歌,在烽火连天的中国大地传播开来。

田汉被捕半年后,在徐悲鸿、宗白华、张道藩的保释下,终于出狱,但条件是不得离开南京。出狱这一天,正逢电影《风云儿女》上映。南京城里,响起了令人热血沸腾的《义勇军进行曲》。遗憾的是,就在十天前,聂耳在日本神奈川县的海滨游泳时不幸遇难,去世时,才二十三岁。

年轻的聂耳走了,但是他的音乐却活着。就在当年的岁末,由田汉创作的抗战名剧《回春之曲》在南京隆重上演。国民党不让田汉离开南京,田汉便邀请了上海、北平等地的话剧界同仁欧阳予倩、唐槐秋等到来南京演出。《回春之曲》描写的是南洋爱国华侨回国参加抗战的动人故事。此剧的创作灵感,无疑与从南洋归来的林维中有关,剧中最动人的,便是由聂耳作曲的《梅娘曲》。我第一次听这首歌,还是一个小学生,当时便觉如痴如醉。几十年过去,这首歌仍然那样打动人心:

哥哥,你别忘了我呀,我是你亲爱的梅娘,你曾坐在我们家的窗上,嚼着那鲜红的槟榔,我曾轻弹着吉他，伴你慢声儿歌唱，当我们在遥远的南洋。

哥哥，你别忘了我呀，我是你亲爱的梅娘，你曾坐在红河的岸旁，我们祖宗流血的地方，送我们的勇士还乡，我不能和你同来，我是那样的惆怅。

哥哥，你别忘了我呀，我是你亲爱的梅娘，我为你违背了爹娘，离开那遥远的南洋，我预备用我的眼泪，搽好你的创伤，但是，但是，你已经不认得我了，你的可怜的梅娘。

《回春之曲》演出后，《梅娘曲》也迅速地传遍了海内外。庄严激昂的《义勇军进行曲》，与哀婉动人的《梅娘曲》，一曲似火，一曲似水，但打动人的都是一个民族奋起反抗侵略的斗志与决心。一个人生命的价值与巨大能量，的确不是由其长度而决定的。聂耳虽然只活了短短的二十三年，但是，他给我们留下了多少脍炙人口的歌曲啊。在我收藏的《五四以来电影歌曲选集》（中国电影出版社，1960年3月初版）中，由田汉作词、聂耳谱曲的歌曲就有《义勇军进行曲》、《开矿歌》、《毕业歌》；此外，由聂耳谱曲的还有《大路歌》、《开路先锋》、《塞外村女》、《铁蹄下的歌女》等。这些歌曲，都曾经给一个长江边的少年留下了终生难忘的回忆，他经常坐在长江边，用口琴吹奏这些歌曲。当然,还有一首歌,是不得不提的,那就是《渔光曲》。那是我母亲的最爱,而且成为我和我弟弟的摇篮曲。长大后,我才知道,母亲吟唱的摇篮曲,居然是《渔光曲》。多年后,我才知道,《渔光曲》的词作者,叫安娥,她不仅是当年上海的红色特工,还是田汉的第四任妻子,最后一任妻子。

今天是个特殊的日子,当《义勇军进行曲》响起的时候,历史告诉我们,用一个民族的鲜血写就的过去,是不能忘记的,也是不会忘记的。

泥土与硝烟

1938年4月5日，台儿庄大战激战正酣。诗人臧克家应邀见到了第五战区司令长官李宗仁。1937年抗战全面爆发后，李宗仁曾公开张榜，点名希望臧克家等知名文化人士到第五战区参加抗战。当年11月，臧克家就已经到达战云密布的徐州，满怀抗战激情，希望奔赴前线："我要去从军，到铜山，因为那里最接近敌人。"因此，当台儿庄大战打响时，他毫不犹豫地从武汉奔赴前线。4月7日夜，臧克家与李宗仁、白崇禧等高级将领，一同乘汽车奔赴台儿庄战场。

台儿庄战役中，日军首先进攻的是中正门，臧克家抵达最前线，写了一首轰动一时的《红血洗过的战场》。枪林弹雨，硝烟弥漫。他冒着生命危险，三进台儿庄，抵达血战台儿庄的主力部队、三十军孙连仲部进行战地采访。上至孙连仲、池峰城、张华堂等将领，下至普通士兵和老百姓，他都面对面亲自采访，仅用六七天的时间，满怀激情地写出了长篇战地通讯报道

《津浦北线血战记》。

4月14日,李宗仁在前线亲笔为此文题写了长篇题句:"余偕臧君克家遄赴前线督战巡视,台儿庄已成一片焦土。……因日军阀逞侵略之野心,致两国人民罹此极度之牺牲,良可痛恨。希我军民不以小胜而骄,受挫而馁。吾人为求我中华民族解放而抗战,必须以大无畏之精神再接再厉,扫荡顽敌,还我河山,奠定民族复兴之基础,树立永久之和平焉。"

4月25日,臧克家带着《津浦北线血战记》手稿回到汉口,与生活书店的邹韬奋联系出版事宜。5月2日,生活书店以最快的速度,在汉口出版发行了这本书。台儿庄大战是中国军队在正面战场取得的首次重大胜利。《津浦北线血战记》是当时第一本最及时、快速、真实反映台儿庄大捷的长篇战地通讯报告集,忠实记录了中国抗战史上可歌可泣的一幕,读来惊心动魄。臧克家功不可没。

1938年7月1日,第五战区文化工作团在河南潢川成立,臧克家任团长,团员有邹荻帆、曾克等十四人。他们凭着两条腿,徒步到鄂、豫、皖和大别山区,进行抗日文化宣传和文学创作。诗人贺敬之曾回忆道:"我第一次见到克家同志是1938年,当时我十四岁。日本侵略者的铁蹄已经踏进我中原大地。在鄂西北均县小城的一所从山东流亡出来的战时小学的操场上,在成百上千同学的包围中,作为战时文化工作团团长的三十三岁的臧克家,站在临时垒起的土台上向同学们做抗日救亡的演讲。由于我闻讯稍迟,不能拥到人群前列,只能远远地望着他激情飞扬的面部轮廓和连续挥动的手臂,听到的只能是被掌声淹没的不易辨清的结尾的话音。但就是这样,已经使我热血沸腾。"那天,聆听臧克家演讲的,还有后来成为著名评论家的侯金镜,那一年,他正好十八岁。

《运河》、《烙印》、《臧克家诗选》、《一颗新星》书影

1939年春,臧克家被任命为第五战区司令长官部秘书。同年4月,他与作家姚雪垠、孙陵等组成"文艺人从军部队"前往随枣前线,参加了"随枣会战"。仍然是到战斗的最前沿去采访,去进行抗日宣传。有一次,他到前沿阵地采访离去后半个小时,曾与他在阵地上并肩而立的战士们全部壮烈牺牲。同年12月,臧克家再赴前线,冒着敌人的炮火,在战地上与战士们共度

春节:"我们飞舞,在战争的风前,我们拧动时代的轮齿,旋转,我们用五千里的征程,送走了1939年。"

1940年,臧克家与作家碧野、姚雪垠、田涛结成战斗集体,随军宣传创作,在鄂西北战场与日寇厮杀战斗。他的许多诗歌,都是在战场上写就的,《十六岁的游击队员》曾被收入当时的国语教科书。这些诗歌、通讯,都是战斗的旗帜,鼓舞过无数的战士与青年。他曾在1947年撰文回忆道:"我们曾经用我们的墨笔,记述他们用血造成的故事;我们曾经用我们的歌词和诗句歌颂过他们,鼓舞过他们,娱乐过他们;我们曾经和他们一道历险,一道随着战争前进或后退;我们曾经以我们的心打进他们的心里去。"

当然,臧克家的代表作,是那些写底层、写乡土的诗歌。他是闻一多先生的得意门生。1930年夏,臧克家报考青岛大学,入学考试中,他的数学吃了"鸭蛋"。国文考试中,他写的《杂感》只有三句话。一向评分极为严格的闻一多,却对此十分欣赏,竟给了臧克家九十八分的高分,将他破格录入了青岛大学。臧克家果然不负闻一多先生,成为青岛大学国文系最优秀的学生之一,很快就在《新月》、《现代》等杂志上发表了《罪恶的黑手》、《忧患》等作品,并于1933年出版了轰动一时的诗集《烙印》,成为诗坛上的一颗新星。其中,传诵一时的,便是《老马》。随后,又出版了诗集《罪恶的黑手》和《运河》,长诗《自己的写照》。臧克家的成就，在于继承和发展了新诗的现实主义传统，推进了新诗对旧中国农民和农村的关照，在他之前，还没有一位诗人能够如此成功地抒写农民和农村。因此，对于中国现当代文学史来说，臧克家是一个丰富的存在。

我收藏有臧克家的诗集《烙印》，人民文学出版社1963年9月北京第一版。收录了臧克家最早的两部诗集《烙印》与《罪恶的黑手》。收藏的《运河》，则是文化生活出版社民国三十七年十月(1948年)第六版。纳入巴金主编的"文学丛刊"第三集。还有一些诗集，如《臧克家诗选》，1954年1月北京第一版；《一颗新星》，作家出版社1958年北京第一版。我发现，新中国成立以后，在他的诗选中，那些激动人心的写于战火硝烟中的抗战诗歌，不知怎么的，逐渐消失了。一提起抗战诗人，我们熟知的，是田间，然后，是艾青，当然，也会提及臧克家。他的"泥土诗人"的名称，似乎遮蔽了他抗战诗人的光辉。也许，还有一种可能，那就是田间与艾青当时先后去了延安，而臧克家去的，是中国军队的正面战场，也就是"国民党军队"的战场。而在新中国成立后，很长一段时间，提起抗战，是忌讳提及"国民党军队"的。这也许就是田间在延安的"墙头诗"非常的红火，成为抗战诗人的代表；而冒死亲临前线的臧克家，却用"泥土"遮蔽了"硝烟"。大家记住的，常常只是"老马"，而忘记了，他曾经是一名"战士"。

再过一个星期，也就是 9 月 3 日，又是抗战胜利纪念日了。中国的抗战，是全民族的抗战。每一位为抗战流血流汗的先驱，都是值得尊敬与纪念的。如同臧克家先生在《有的人》中所写的：

> 有的人活着，
> 他已经死了；
> 有的人死了，
> 他还活着。

厚重的落花

好久未到武汉大学附近的旧书店淘书了。最近，正好有暇路过，心便痒痒，遂下车，去圆梦。

我要去的旧书店有三家，均在武汉大学正门前的劝业场路边。近年来，实体书店如同秋风落叶，纷纷坠落，而武汉大学附近这三家旧书店却任凭风浪起，长存学府前，也算是一件奇事。

首先要去的，是路边的"二楼旧书坊"。书坊不大，左右两间。前几年，书友徐鲁告诉我，说这里有一批旧书，一两块钱一本，值得一淘。我便闻讯赶去，果然见书架和地上，堆满了新中国成立初期的旧书，看书上的图章，大多是附近的大学和新华社湖北分社的馆藏。这批书，大致可分为三类：一类是和前苏联有关的各种书籍，包括前苏联的翻译作品；一类是新中国成立初期的各种政治经济类书籍；还有一类，便是我所需要的文学书籍，包括大量的著名作家新中国成立前夕、新中国成立初期的作品，譬如刘白羽、杨朔、周立波、郭小川、李季、田间、闻捷等,这些书籍绝大多数是初版本。其中,也包括胡风、丁玲、冯雪峰、艾青等人的作品。他们那么热烈地歌颂新中国,歌颂伟大领袖,完全没有想到,不久后,会被打成反革命集团、反党集团和右派分子。当然,我还发现,新中国成立初期的每次政治风暴,都留下大量的批判文集,那些火药味十足的枪手们,全都是著名的作家、学者、艺术家。我不知道他们当时向自己的文友开火时,心情如何,有没有想到,这些文字会留存下来,成为历史以及灵魂的写照。

《解放了的董·吉诃德》书影

那段日子，如同徐鲁笑我，真的有点"疯狂"了。一个月中，我连续好多次，不停地从汉口跑来，一淘一天，每次都买好几蛇皮袋子的旧书，哼哧哼哧地拖到马路边，挥舞着脏兮兮的手，拦车打的，将这些旧书一袋袋地运回家。

旧地重游，老板还在，笑盈盈地点头。我逡巡了一圈，没发现需要的书，便告辞下楼。

二楼旧书坊的后面，有一家博文旧书店。门面不大，里面却曲径通幽，一架架书籍构成弯弯曲曲的迷宫。博文书店的特点，是分类清晰，不像二楼旧书坊，有意堆放书，让你费劲寻找。我曾在这里淘了一些年代久远的外文书刊。进去一看，亦无收获。

令我收获最大的，是集成旧书社。

集成旧书社就在一旁的小巷中，已有近二十年的历史了。我在网上看到过许多武汉大学的学生对集成旧书社的回忆与评价，怀念者有之，吐槽者有之，说这里的旧书超贵，老板"老奸巨猾"者亦有之。老板年过花甲，自然"老"了。对自己几间大屋十万册图书，却是分布合理，了如指掌。一公安大学博士生欲寻武汉警察史料，他马上起身，从一书架上抽出武汉警察史，就像从自己口袋里掏出一支烟那么熟悉。博士生非常高兴，一问价，150元，不还价。一旁有一大学生，挑了一堆心仪的书，已经与老板磨蹭了半天，仍然坚持不还价。听说我想要民国时期的旧书，瞅了瞅我，便从柜台里面的书架上，搬出一大摞旧书来，任我挑选。

果然有一些民国版旧书，但大多是新中国成立初期的版本。线装书，包括医书，残破不全，全都放过。那些名家作品，如同一条条大鱼，被我网上了岸。老板不动声色，看我"网鱼"。待我问价，表情平淡地说，定价都在书后，自己可查。翻书一看，果然每本书后，都有人用铅笔标了价，有的还加了批注和惊叹号。丰子恺的《艺术修养基础》，香港文化供应社印行，民国三十五年十二月（1936年）香港初版，封底批："珍！！！"一连三个惊叹号，开价280元。袁水柏的诗集《沸腾的岁月》，新群出版1947年1月初版，封底批："丁聪书影"，开价200元。蒋光慈的小说集《鸭绿江上》，无封面，无版权页，在书后的白纸上批："1926年，绝版！"开价150元。看来，批注者还是懂得一些旧书常识的，却少见多怪。在我的收藏中，丰子恺的作品多了去了。而蒋光慈的《鸭绿江上》，初版应该是1927年，即民国十六年一月，亚东图书馆出版。标价者可能误将民国十六年（1927年）理解为1926年。同时，此书网上有售，并非绝版也。有些批注，也有意思。如《艾青选集》，开明书店1951年7月初版，标价80元，批注："毛鲁像！少见！"我仔细翻开扉页，才见扉页中有毛泽东与鲁迅的并列头像。将鲁迅与毛泽东头像领袖般并列，确实少见。看来，对鲁迅的神化，在新中国成立初期已经与毛泽东并列了。

但批注者的大失水准,出现在对外国作品的判断上。一本新中国成立初期出版的《红与黑》,标价居然680元!超出鲁迅、老舍、袁昌英等名家民国版本好几倍。而瞿秋白翻译的《解放了的董·吉诃德》,生活书店1948年8月东北初版,开价150元,穆木天翻译的巴尔扎克的《绝对之探求》上海交通书局1951年版,标价才55元。他也许不知道,穆木天是中国象征派诗人的代表人物,创造社成员,是巴尔扎克小说翻译的开拓者。这个被郭沫若称为"童话中的人",在1957年被打成极右派。倘若要研究中国的反右运动,穆木天是个绕不开的人物。

一下午,在集成旧书社淘到了心仪的二十多本旧书,好不快哉。时值初夏,江城雨夜,灯下抚摸、翻阅这些旧书,如同听见从历史深处传来的足音。我听见穆木天先生在窗前听雨,吟诵着他的《落花》:

> 我愿透着寂静的朦胧薄淡的浮纱,
> 细听着渐渐的细雨寂寂的在檐上激打,
> 遥对着远远吹来的空虚中的嘘叹的声音,
> 意识着一片一片的坠下的轻轻的白色的落花。

朴园怀钱

这个世界变化真快。一不小心,淘旧书也进入了网络时代。

孔夫子旧书网,全球最大的中文旧书网站。成千上万的古籍旧书应有尽有,任你自由选择。闲坐书房,品香茗,览旧书,一键点击,网上支付,足不出户,你喜欢的旧书就会寄到你的手中。

但是,这样的快捷,就失去了"淘"的乐趣。生命其实就是一个过程。淘书之乐,也乐在过程。我就在网上寻找旧书店,然后,亲自登门,寻找"过程"。

一天,电话联系上本地一位未曾见面的旧书店老板,想去他的书店看看。

过程有点像"潜伏",约好见面地点,特地说明我的穿着以及大胡子。然后,在一条湿淋淋的雨巷,见到了W先生。中年、黝黑。猛然一看,像是个三轮车夫。然后,跟随他,弯弯拐拐,进入一栋老楼房,一间弥漫着陈腐气息的老房子。房间里,空空荡荡,墙角里,堆着一大堆旧书。

W先生说,随便挑。

我一眼就瞅准了一堆精装本的旧书。肯定出自一个藏家之手。一问,果然。是一位老学者的藏书。人走了,书就散落了。

就在这批藏书里,发现了钱基博先生的名著《现代中国文学史》的初版本。

说起钱基博,许多人会感到陌生。但是说起钱钟书,说起杨绛,读书人肯定都知道。钱基博就是钱钟书的父亲,杨绛的公公。

钱基博(1887—1957年),字子泉,别号潜庐,无锡人。中国现代著名的国学大师,著名的教育家。少年时代便熟读经典,16岁便撰《中国舆地大势论》,发表于梁启超创办的《新民丛报》,引起于右任撰文与之辩论。后在家乡创办学堂,传播西学。辛亥革命爆发后,无锡光复。钱基博任锡金军政分府秘书,并撰《光复志》。后应聘任援淮部队总司令部少校参谋,不久晋中校衔。就在他调往江苏都督府,风生水起之时,他却挂冠而去,回到无锡,到县立一小当了一个小学教师。从此,他便终生任教,小学文史地教员、中学国文教员、师范学校国文与经学教员及教务长、上海圣约翰大学、北京清华大学、南京中央大学、无锡国学专修学校、光华大学、浙江大学以及武汉华中大学等大学的国文教授。而武汉华中大学,就是现在的华中师范大学,我的母校。他生命的最后时光,是在我的母校度过的。他的故居,就在现在的湖北美术学院的大院内,一座安静的小别墅,门前两棵老树,一朴树,一榆树。钱基博的故居,就是现在的朴园。

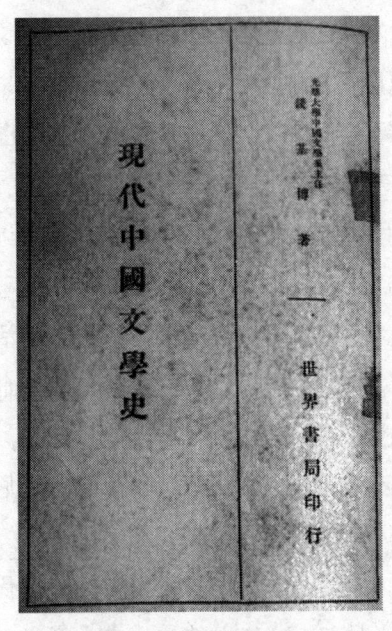

《现代中国文学史》扉页

作为一代国学大师,钱基博学贯古今,文史兼治,渊博会通,著作丰厚,影响深远,其在民国期间,便已名满天下。尤其是《现代中国文学史》出版后,更是一时洛阳纸贵。钱基博在这部历时十余年完成的巨著中，成功地实践了自己的文学史建构理论，其所述及的作家，均是1911年至1930年文坛的活跃人物，以王闿运开篇，止于林语堂，有百人之多。最有味道的是，他像司马迁写《史记》那样，用生动典雅古遒之辞，用夹叙夹议的手法，来叙写评说文坛人物，"知人论世"，成了文学史的主体。如论梁启超时，说到胡适倡白话文，风靡一时，"启超大喜，乐引其说以自张，加润泽焉。诸少年噪曰：'梁任公跟着我们跑也'"；到了民国初年，梁自日本归来后，"好以诗古文词与林纾、陈衍诸老相周旋者，其趣向又一变"。典雅古遒之中，突然来了句"梁任公跟着我们跑也"，便生动传神地再现了梁启超"随时转移、巧于通变"的文学活动。说实话，我读这本书，不像在读枯燥的史书，而是在读生动的人物故事。尤其是这么大的一部史书，通篇典重质实，声情饱满，抑扬顿挫，神采斐然，尤其是以传统史学家的使命感观照现实，"发愤以抒情"，使全书充满天地之生气，浩然之正气。因此，《现代中国文学史》不但在当时有不容忽视的文学史学意义，而且在今天、甚至将来，都有不可替代的文学史学价值。

《现代中国文学史》写作的时间很早了。最初是钱基博在无锡国学专修学校讲课的时候的讲义，1932年，由无锡国专的学生集资，铅印了二百本，名为《现代中国文学史长编》。同年，由世界书局正式出版。前有钱氏的序言，写于民国十九年十一月十日（1930年），光华大学。书后有跋,写于民国二十一年十二月十五日(1932年),上海光华大学西院。我淘到的,是绿色的硬精装本,内容完整,后面还附有勘误表,但奇怪的是,竟然没有版权页。反复考证,我以为是初版本,或者是集资铅印本之一。当然,关于版本的认定,最后还希望请教于方家。

钱基博来到华中师范大学的前身华中大学,有一段有趣的故事。他的独生女,也就是钱钟书的妹妹,叫钱钟霞,长得美丽端庄,二十五六岁了,还未婚嫁。当时钱基博在湖南安化蓝田的国立师范学院任中文系主任,这所学院,就是钱钟书在《围城》里所写的三闾大学。在这里,钱基博看中了学生石声淮。石声淮,字均如,湖南长沙人,当时以学生身份兼任助教。石声淮初看其貌不扬,钱钟霞就跑到河边哭泣。钱钟书就给妹妹打气,要她抗拒。但钱基博重其德才,坚持择其为佳婿。二人终成金玉良缘。婚后,石声淮应聘到武昌的基督教私立华中大学任教。钱基博爱女心切,也很快到了武汉。看来,钱基博能到华中师范大学,还是石声淮先生牵的红线呢。

我在华中师范大学中文系学习的时候,石声淮先生仍然健在,教我们古典文学。先生身材高瘦,一口湖南官话。为我们讲屈原时,陶醉其中,吟诵唱诗,声情并茂,堪称一绝。

钱基博先生的最后时光,是在武昌度过的。1949

年后,他将五万余册藏书全部赠给华中师范大学。1952年,又把历年收藏的甲骨、历代货币、书画等文物二百余件,全部捐赠给华中师范大学。钱基博于1957年11月30日在武昌去世。现在的朴园,绿树环抱,仍然无声地叙说着先生以及先生的孩子们,许许多多平凡而感人的故事。

诗书流传

好久没到古玩市场淘书了。2012年9月清秋,有朋友约至武昌徐东古玩市场旁的"茶里茶外"去品茶。店雅茶香,大红袍、生普、单枞,一一品来,不觉神清气爽。多年前,我收藏古旧书兴趣最浓的时候,曾经每个双休日都要到徐东古玩市场来淘书。武汉的旧书店,本来就少;武汉大学附近的旧书店,出售的大多是教材类的旧书、线装书以及民国版的旧书,几乎没有。能够惊鸿一瞥的,只能在古玩市场的地摊上。汉口的崇仁路、香港路、以前的泰宁街,我都曾去过,偶有收获。去得最勤的,还是武昌徐东。那时的地摊上,经常有专门摆摊卖旧书的,摊主多半是四乡的农民,不懂版本,胡乱开价。有许多清版线装书,便是因为开价太离谱,惜而放手。对于民国版本的书籍,倒是不太在意,我常常挑了一大摞,让摊主开价。摊主瞟一眼,根据厚薄,随意说,5元一本,10元一本。我再还还价,最终手一挥,就成交了。因此,我在地摊上淘到不少好书。

　　后来，新市场建立，便有了几家专门的旧书店。我也有朋友在市场内开画廊。常常在双休日的早上，专程打车去徐东的"户部巷"吃汉味小吃。我钟情的，是糊汤米粉、面窝和烧梅。过了早，悠悠逛到古玩市场内，开始逡巡淘书。常常就在地摊间、旧书店里，碰到熟悉的书友，如徐鲁、黄成勇等。相视一笑，各自淘书。然后，到老梅的画廊去品茶。老梅喜普洱，画廊常有书画家聚集。也有专门的雅集，有时请书法家陈新亚来弹奏古琴。新亚擅章草，古琴也十分了得。群贤雅集，焚香，品茶，听新亚鸣琴。然后众友兴之所至，到画案挥毫，真是不亦快哉。我曾以打油诗一首记兴曰："江南秋雨歇，忽闻古琴翩。明月出天山，落花响林泉。悠悠接八荒，渺渺思七贤。书道如琴韵，心醉已忘言。"

　　后来"孔夫子旧书网"盛起，淘书的兴趣便转移到网上，加上地摊上旧书日稀，便很少去古玩市场了。现在旧地重游，便进去寻书。结果，大失所望。新市场重新装修，一楼成为珠宝市场，仅存的几家旧书店都迁走了。听说附近还有一家，便寻了去。老板是熟人，仍然在坚持开旧书店。店小，书多，甚至堆积在地，只能挤进去翻寻。多年淘书，练就一双识旧的慧眼，如同鹭鸶快速从水中叼鱼，我也快速地从旧书之海中拾到一些"贝壳"。

其一，是人民文学出版社 1959 年出版的"文学小丛书"。当年一共推出了三辑，共一百二十本，所选的都是古今中外的名著。我寻到了二十五本，每一辑都有，但均是初版，品相还行。关键是开本有趣，手掌大的袖珍本，小巧可爱。老板开价 5 元一本，当即全部买下。

有趣的还有 1959 年的《读书》杂志上，刊登的读者读后感，充满当年的时代气息，题目是：《短小精悍的"文学小丛书"》，不妨引来一阅："今年我们这里的秋田是特大丰收，社员们正忙着交公粮。粮仓口和河埠头：一船船、一草草、一担担的金黄谷粒，粮食验收员在这些日子里显得格外忙碌。我们的粮食排到下午两点钟才过秤进仓。我忙里偷闲，上新华书店转了一圈。一跨进店里，在第一座玻璃橱中陈列着新近出版的《文学小丛书》（现已出三辑），内容丰富多彩，有古有今，有中有外，都是些优秀作品。开本不大，随身可带，无论在什么场合，只要有空暇，就可以从衣袋里掏出来看；因为字数不多，不花好长时间就可读完一本。过去，我往往因书本携带不便，放弃了许多学习机会。对于这套丛书的出版，我们感激人民文学出版社在社会主义建设大跃进的伟大年代里，设法为读者服务的精神。"

其二，是苏联作家 A. 托尔斯泰的长篇小说《面包》，俞狄、叶菡合译。言行出版社民国三十八年五月（1949 年）第六版。《面包》是描写二次大战的作品，当年属于进步书籍。书出版时新中国还没成立,可是进步书籍却销路很好,已经印行六版了。

《面包》书影

其三,是在旧书堆中翻到一位老先生的手抄诗集:《西林诗稿》,厚厚的七大册,均是自己手工装订的,里面用毛笔一丝不苟地手抄了自己创作的大量旧体诗,从解放前一直到改革开放的年代。作者不知是谁,诗稿的前言中,亦未留名,只注明了写于汉口工农兵路五十九号四楼。看来是一位老先生,老干部。从诗稿的印章上看,似乎是湖南人,叫潘珠和?在其一本诗稿中,有一位叫曹毓嵩的老友为其题诗,称其潘郎,看来作者姓潘无疑。百度"曹毓嵩",却意外钩沉了一些往事:

抗战爆发后,戴笠相中湖南一王家大院,将其作为监狱,名曰"南京军人监狱"。据相关资料介绍,因禁于此的共产党人和爱国进步人士有上百名,其中包括共产国际派来帮助中国革命的二十多位国际友人,如捷克青年米洛斯、德国人马斯科、著名爱国将领杨虎城将军夫妇及幼子、东北军高级将领黄显声,以及黄、杨两将军的副官阎继明、张醒明都囚禁在此。其中还有韩子栋和曹毓嵩,曹毓嵩是在潜逃延安途中被捕入狱的,韩子栋,就是小说《红岩》中华子良的原型。杨虎城一家三口、黄显声均遭杀害。米洛斯死里逃生,后来回国。曹毓嵩幸免于难,后在益阳市二中任教。新中国成立后分在贵州省政协工作,后任顾问。1983年11月,韩子栋前来益阳访问,与曹会过一面。旧地重游,触景生情,不禁与曹毓嵩一起抱头痛哭。

这位曾经死里逃生的曹毓嵩,就是为《西林诗稿》的主人潘郎题诗的曹毓嵩吗?据考证,我的回答是肯定的,但是,仍然需要证实。这篇淘书记,也算是一份"寻人启事",请读者帮忙寻找《西林诗稿》的主人。岁月流逝,诗稿流失,悲哉。如今,被爱书人收藏,万幸也。冥冥之中,是潘公、曹公相托乎?

浩浩《大武汉》,不知能否给我一个回答。

发现春泉

今年的冬天格外冷。虽然没怎么下大雪,但整个城市冷得像一个大冰箱。时近年关,有许多的邀请,许多的热闹,都一一婉谢了。一是怕闹,二是怕冷。

但有一个小小的消息,却让我的心火一下子燃烧起来。

在《大武汉》杂志上,我看到了有关武汉旧书店的文章。说武昌有一家"泉之旧书店",其书库中藏有许多民国时期的旧书,还发了店主与书库的照片。我就好奇了,咦,武汉还有我不知道的旧书店吗?就在前几年,收藏旧书发癫的时候,曾经有过一天跑长江两岸四家古玩市场淘书的纪录。常常有这样的情景,淘的旧书太多,便用麻袋装了,站在马路边等出租车。一个戴眼镜的大胡子,艺术范儿,却满身臭汗,扛一脏兮兮的麻袋,怪物一般,引来满街好奇的目光。近几年,武汉的旧书店乃至旧书摊是越来越少,扛麻袋的机会几乎消失,肩膀当然就有些发痒。现在,听说有这样的旧书店，怎不叫我心火燃烧、热血沸腾呢？

于是托朋友找到写这篇文章的记者周月，约了书店店主。元旦刚过，我们不顾天寒地冻，寻到了武昌青龙巷的小巷中。店主小马，笑盈盈的恩施小伙子，来此开旧书店已有五年。其正店摆的，都是崭新的"旧书"，而隔壁的书库，则藏有满满一屋子的新中国成立初期的旧书。

《雪峰文集》书影

这是一间三角形的老屋，净空约有4米高。从地到天，摆满了书架，形成"V"形书墙。也许是很少有人来的缘故，书架上满是灰尘，空气中有一股陈旧的书味。书架之间，空间太窄，我只能侧身站着，首先从靠近门口的书架下手，一格一格的，专拣那些破破烂烂的旧书，开始了逐层逐格的扫荡。

寒冬的下午，还不到五点钟，天就渐渐黑了。伴随黑而来的，便是冷。站了一个多小时，我的腿已经冻僵了，站麻了，两手灰黑，也已冻僵，抽不出书了。朋友肚饿，也冷，嚷着要去隔壁吃烧烤。也许那烧烤听起来，好像就暖和一些吧？只好收工。满满几抱书，一数，居然淘了八十本。小马准备了纸笔，要我题字。顺手就写了："书海淘金"。

当然，忘不了感谢朋友与周月，立马请吃烧烤。直吃得满嘴麻辣，满载而归。

过了两天，又去武昌办事。到了下午，就心神不定了。偷偷开溜，又杀到牵肠挂肚的旧书店来。

小马送了一台电暖器来。关了门，任我一人静静地淘。

屋太小，书太多，每格书架都满满地塞了里外两层书。我得先淘外面的，再掏里面的。屋内昏暗，看不清书脊，只能逐层一本本地翻阅。这些旧书，都是某些学校图书馆的藏书。听小马说，是连书带书架一起收来了。农业专著的书籍居多，人文旧书夹杂在这些专业书籍之中。不知不觉，腿站麻了，手冻僵了，门外天又黑。数数又淘了七十本。回家的路上,脚竟冻得抽筋。下车跳了好半天,才渐渐地缓过劲来。

现在,这些旧书就摆在我的身边。除了几本民国时期的书籍,其他的,都是新中国成立初期的人文书籍,诗集、小说集、文艺评论集居多,让我爱不释手。

一是《胡风文集》与《雪峰文集》,上海春明书店印行。民国三十七年一月(1948年)初版。这是"现代作家文丛"中的两本文集。主编是梅林。版权代表者,是中华全国文艺协会,版权页上,还盖有该协会的印章。收入"文集"的作家,有鲁迅、郭沫若、茅盾、郁达夫、叶圣陶、巴金、老舍、丁玲、张天翼、冯雪峰、胡风,而我淘到的,恰恰是多灾多难的胡冯二位。他们绝对想不到,此书出版后,没过几年,胡风就被打成"反革命集团",冯雪峰也因"胡风事件"受批判,1957年被划为右派。命耶?缘耶?

一是有关鲁迅先生的书籍。《民元前的鲁迅先生》,王冶秋著,光华书店1947年9月上海初版。1948年10月19日先生忌辰发行东北版,初版五千,好珍贵的版本。《回忆鲁迅先生》,萧红著,生活书店民国三十五年(1946年)北平第一版。《亡友鲁迅印象记》,许寿裳著,峨眉出版社民国三十六年十月(1947年)初版。《我所认识的鲁迅》,还是许寿裳著,人民文学出版社1952年6月北京初版。《略讲关于鲁迅的事情》,乔峰著,人民文学出版社1954年8月北京初版。《鲁迅事迹考》，林辰著，新文艺出版社1955年4月上海初版。最有文献价值的，是与几本书缝在一起的一本"文革"时期的书：《把颠倒的历史再颠倒过来》，副标题是："周扬之流颠倒历史围攻鲁迅对抗毛主席革命路线罪行录"。该书的编者，是"北师大革委会井冈山公社中文系大队井冈铁骑"，时间是1968年4月。在此书的后面，有一篇"付印后记"，居然记录了郭沫若批阅该书后写给编者的信！信的全文如下：

你们好！

《把颠倒的历史再颠倒过来》，我一口气读了一遍，学习了不少的东西。谢谢你们。你们的辛勤劳动产生了硕大的果实。我提不出什么补充意见。原稿仅缴还。稿中有些文字上的错误，我用铅笔注出了，请斟酌。

此致

无产阶级文化大革命的敬礼！

郭沫若

1967.8.17

这批有关鲁迅的书籍，从1947年到1967年，整整二十年的时间，连同胡风与冯雪峰的文集，郭沫若给造反派的信件，清晰地、无声地记录与展示了鲁迅"从人到神"的历史进程，以及与鲁迅同时代的那批作家后来的完全不同的命运。鲁迅成为神，而与鲁迅关系密切的胡风与冯雪峰新中国成立后却被整肃，真的是莫大的荒诞与悲凉。到了"文革"，整肃胡风与冯雪峰的执行者周扬又被打倒，而郭沫若却成为"太阳下的蜡烛"，彻底被融化，彻底地失去自我，更是莫大的荒诞与悲凉。这样的历史悲剧，是更加寒冷更加恐怖的冬天！

好在春天终于来了。倘若有人想让中国再倒退回那样的冬天，我想，正常的人都不会答应了。

行文至此，还有一百多本历经沧桑的旧书静静地围绕在我的身边，如同春泉，汩汩地在山间流淌，无声地叙说着他们的故事。

淘到手稿

世界上有许多的事情，冥冥之中，机缘巧合，用常理似乎是无法解释的。譬如我在淘书的时候，无意中淘到亡友的手稿，便是一件十分蹊跷的事情。

我到武昌泉之旧书店淘书，一次淘到一百五十多本民国以及新中国成立初期著名作家的著作，是我好多年未曾有过的奇遇。淘书的时候，正逢武汉大寒，小马的旧书库，由于书太多，杂物也多，人在其间，完全伸展不开，因此，许多书架，尚未光顾。于是，总在心里惦记着，总觉得那些未曾光顾的书架中，以及我蹲不下去的最下面的书格，也许还会有好书在等待着我呢。

又到武昌开会，便瞅准了时间，第三次光顾小马旧书库。这一次，小马为我专门准备了小板凳，可以坐下，自如抽取书架最下面的藏书，一本本细选。进门处的第一架，下面堆积着许多硬面精装书，均是大型的科技书与词典。细心地一本本移开，最下面果然还有不少好书。当我将书架最下面最里面的一排书抽出来,我的手无意中触到一卷稿纸,当时的感觉,就是手稿。弯腰仔细拿出来一看,浑身顿时就麻木了:我的天!竟然是徐金海兄的诗稿!

这是抄写在"汉阳县文艺宣传队"原稿纸上的诗集。诗集的名称是《治山歌咏会》。

没有署名,但我一看便是徐金海的笔迹。这些诗,这样的笔迹,我太熟悉了。当年,徐金海兄还曾经送过这样的原稿纸给我啊。

金海去世好几年了,他的诗集手稿,怎么会流落到小马的书库里来呢?

往事顿如潮水,汹涌扑来。

第一次见到金海兄,是在汉阳县(即现在的武汉市蔡甸区)组织的文艺创作会议中。那是 20 世纪 70 年代初期,我才刚刚二十出头。我是武汉市下放到汉阳县的知识青年,而金海兄是比我大一茬的回乡知识青年,他的老家在侏儒区的石山公社,而我则在侏儒区的合丰公社,两地相隔不是太远。这么说来,我们应该算是同乡。

金海兄其实只大我几岁,但却显得老成稳重。平头、国字脸、浓眉、豹眼,一口乡音,文人武相。我们一见如故,好像前世就是朋友,没有生疏的感觉。在性格上,金海看似寡言,其实是典型的性情中人,说起诗歌,说起文学,说到一个好的构思,他会立马兴奋起来，甚至坐不住，站了起来，嗓门变大了，笑声也大了，像一团熊熊燃烧的火，呼啦啦地灼热而欢快。当然，遇到不平事，或者他反感而厌恶的人和事，金海绝对是嫉恶如仇的，他会立马由慈眉善眼的菩萨，变成怒目金刚，他会立马愤怒起来，倔犟起来，嗓门也大了，像一团熊熊燃烧的火，呼啦啦地灼热而愤慨。

在那个难忘的年代里，在诗人管用和老师的身边，聚集了一批年轻的诗人，除了金海和我，还有赵国泰、袁希安、李正华等活跃在汉阳和湖北地区的诗人。管用和老师当时在汉阳县文化馆工作，他的《麦萧曲》那么的美，我们都受其诗风的影响，但是每个人也都有着自己不同的追求。贴近生活，注重构思，注意从古典诗歌和民歌中汲取营养，挖掘乡土与民间之美，是我们共同的追求。金海那时写得又好又快，我们经常有书信来往，或者经常以诗会友，互相探讨创作之得失，并且开始联名发表诗歌。一般说来，是谁的原创，谁的名字就放在前面。当然，在很多时候，是金海的名字在前，而且，常常是组诗。现在，我必须说，我们联名发表的诗歌，许多是金海原创的，有的我看过，修改过，但是，多数是金海直接寄给了报刊，如发表在《长江日报》和《武汉文艺》上的组诗。我也如法效仿，我自己感觉好的诗歌，也直接署上了金海的名字。

这样的合作，只有短短的几年，我后来上大学时，就基本结束了。但是，那样的青春岁月，那样的纯真友谊,却成为我生命的一部分,成为我一辈子的精神财富。

后来,金海兄到县剧团任编剧了,我每次到县城开会,都到他那里打草碾铺,吃了喝了,临走还给我几个车钱。有好多好多的夜晚,我们同睡一床,谈的都是文学创作。在我的心中,他始终是我的兄长,是我青春岁月里一条充满活力的河流。我离开汉阳后,金海兄一直在剧团工作,他热爱诗歌,也热爱戏剧,作为剧团的专业编剧,他创作了许多戏剧作品,他的青春,他的才华,都献给了他热爱的戏剧事业。遗憾的是,他创作了那么多的戏剧作品,竟然没有一部搬上舞台。为什么会这个样子?我听说,其中很重要的原因,都是非艺术因素。有的朋友感慨,说金海脾气太耿直,总是吃脾气的亏。我曾经听他说戏,感受过他的眉飞色舞,他自然是会写戏的。倘若以其性格的原因,而冷落他的创作,实在是一种罪过。我常常为此而替他鸣不平,他要是早点将主要的精力集中在写自己的诗歌和小说上,他的文学创作才华也就不会淹没在岁月的流沙中啊。

想起金海,最心痛的,当然是他的英年早逝。那是2006年2月5日。金海好不容易在汉口城区安了家,新房刚刚装修完毕,他却突然撒手人寰。我们没有思想准备,金海恐怕也没有这样的思想准备。在相当长的时间里,我都不相信他已经永远地离开了我们。三年前，他的妻子胡建英女士，将他生前创作的诗歌整理出版，书名《故土，乡音》，我为之写了序言。淘书回家后，我找出诗集对照，除了个别的诗篇有重叠，手稿中的大部分诗歌，没有收进金海的诗集中。那就是说，我无意中淘到的，是金海兄遗失的诗稿！

我不知道金海兄的诗稿是怎么流落到这里来的，而且，是在书架遮蔽的墙角里，潮湿的地面上。倘若我不来淘书，很有可能就失散、破烂或被当作废纸，永远地消失。我突然想到，下个月初，便是金海兄去世七周年的纪念日。莫非是金海兄冥冥之中引导了我，要我帮他找回这本遗失的诗稿吗？

与金海兄诗稿一起淘到的，还有署名"王毅"的手抄本：《辛亥革命烈士诗抄》。我注意到，我所淘到的不少珍贵的旧书，包括有关鲁迅先生的那一批书籍，藏者都是王毅，便问小马，答曰，是湖北大学文学院的教授。有许多书，是从他家收来的。马上与湖北大学文学院刘川鄂君电话询问，答曰，王毅，本名王陆才，王毅是他的笔名。王陆才先生是湖南省攸县人，湖北大学中文系古代文学教研室主任，元明清文学研究室主任，小说戏剧研究所副所长。王陆才先生2012年5月19日逝世，享年84岁。噢，王先生是研究戏剧的。那么，有没有可能，是金海兄将诗稿送给王先生审阅，然后随其藏书一起流出的呢？看来，这是一个永远解不开的谜了。

《辛亥革命烈士诗钞》手抄本

随手从书架最底层淘出的,还有画家武石先生的《武石诗草》,湖北美术学院编,徐迟先生题写书名。武石先生也是湖南人,原名冯子树,新四军第五师老战士。大家都知道武石是著名画家,却不知他也是勤奋的诗人。《武石诗草》是他唯一的诗集,没有公开出版。封面极其朴素,一张白纸,只留徐迟手写书名及红色印章,然后,在右下角手绘一蓝色蓓蕾。一代画坛大师,诗集封面如此简洁,令人肃然感佩。

小马逼仄的旧书库里，还有十几架旧书。我不知道书架的底层，尤其是我还没有光顾头顶之上的高层，还有多少好书在等着我。但我相信，能淘到朋友的手稿，绝对是前世今生的缘分。天气渐渐暖和了，小马啊，下次去的时候，你不但要为我准备小板凳，还要为我准备一架长长的木梯啊。

受赠白裘

20年的春天,朋友们在汉口江边雅集,见到了书法家徐本一先生。三月,因家事请过本一先生,可惜他那时人在深圳,未能喜聚。本一先生是我一向敬仰的著名书法家。他的书品、人品,均享誉荆楚,追随者众。用时髦的说法,我也是先生的"粉丝",或许,就可以称作"徐粉"吧?

在荆楚书坛,本一先生是泰斗级人物了。但在平时,为人温文儒雅,随和亲切。和先生常在一起品茶,有时也聊起收藏,得知我喜欢旧书。因此,这次江边雅集,先生不仅带来了珍贵的墨宝,而且,还带来了一包旧书,说:"晓得你喜欢旧书,这是我家珍藏的,送给你好了!"

我打开包装一看,竟然是一套清版的《全图缀白裘全集》!

哇!这个礼物,太珍贵了!

《缀白裘》,是清代刊印的戏曲剧本选集,收录当时剧场经常演出的昆曲和花部零折戏。书名《缀白裘》，是"取百狐之腋，聚而成裘"之意。也就是说，此书不仅收录丰富，而且收录的多是昆曲与花部戏的精华。全书共有十二集，四十八卷，收录的昆曲曲目，有八十余部作品中的四百多折戏，剧目相当丰富。另外，还收录了总题为"梆子腔"的剧本三十余种五十余折。清初的花部诸腔，散见民间，剧本很少流传，幸亏有《缀白裘》的收录，才使得今天的读者得见部分曲文。

《全图缀白裘全集》内页

　　《缀白裘》的编者，是清朝的钱德苍。这位德苍先生，字沛思，号镜心居士。和那个时代许多有才华的读书人一样,钱德苍也曾应科举不第,但他为人豪放不羁,常流连于酒旗歌扇之场。正是由于他爱好和熟悉戏曲艺术,所以,其编选本具有演出脚本的特点。现在,我随手翻开一页,就看到这样一个片段,戏名《借靴》,一看开头,就让人忍俊不禁:

【梨花儿】小子生平说谎多,全凭舌剑两头唆。礼义相待是俺的哥。〔嗏,〕不雅梳装雅意多。排行第三我姓张,从来说谎过时光;说得干鱼睁开眼,道得铁佛放毫光。小子张担,前村金仰桥寿诞,我送了贺礼去,今日请我吃酒,头上身上多有了,脚下只少一双靴子穿上。闻得刘二哥新做一双皂靴在家,不免去借他的官冕官冕,有何不可?这里是了。开门,开门。(净上)来了。是那个吓?

这样活鲜鲜的生活语言,就像现代舞台上的道白,而且,让我想起了农村露天搭起的戏台,头顶明月高照,四周阵阵蛙鸣,台下黑压压的一片,都是脚上还有泥土的泥腿子。浓郁的汗气,与田野庄稼的清香,混合在一起。台上,简陋的布景,一个丑角在大家的哄笑中上场了:"小子生平说谎多,全凭舌剑两头唆",这个"两头唆",完全像是湖北地方的方言口语。好一个张担,"说得干鱼睁开眼,道得铁佛放毫光",这样鲜活而夸张幽默的道白,一下就将一个"从来说谎过时光"的市井混混，活脱脱地凸显出来。

由于《缀白裘》收录的都是可以供演出的鲜活脚本，而且，许多折子戏，都是第一次见诸于文字，收录于选本，所以，这套书在出版当时，就很珍贵。其售价，比《红楼梦》、《西游记》还要高很多，从清代、民国一直到现在，这部书都是戏曲名家和喜欢戏曲的人最为追捧的一部书，而对于旧书收藏家们来说，更是欲得之而后快。因为这部书除了在当时就很稀少，更重要的是，这套书制作精良，线装白纸印，字体虽小镌刻却精，笔锋可见。全书附有许多绘图绣像，线条流畅，形象生动，纤毫毕现，相当精美。整部书的绘图，多达五百一十一幅。徐本一先生送我的，是其中的六集，即初集、二集、四集、九集、十集、十一集。每一集，即每一本中，都附有序言，然后，附有五页四十幅绘图绣像。仔细阅读序言，发现每一集出版的时间，是不一样的。二集序的时间，是清乾隆甲申季冬，而十一集的序，则在乾隆甲午季春。于是便得知，钱德苍是根据玩花主人的旧编本增删改订，陆续编成，并由他在苏州开设的宝仁堂刊行。我特别欣赏的，是第二集的序言，不仅交代了出版之因缘，而且，也表达了戏曲与人生之慨叹：

> 古人云：人生如戏，聚散无常。富贵功名，撒手便假。堪叹举世营营，终其身缰锁于其间，

岂不怪哉？金刚经上有曰：如梦幻泡影，如电复如露，正警人勿错认真耳。所以古人秉烛夜游，坐花醉月，慨光阴之有限，娱情致于当躬，良有以也。

玩花主人编缀白裘集，汇已往之传奇，悦世人之心目，意取百狐之腋，聚而成裘，咸叹置人于春风和蔼中矣。第玉显珠埋，漏遗可惜；宝仁主人步武前哲，续出二集，披览之觉后集之胜于前也。

甲申季冬松陵李宸序。

宝仁主人者，宝仁堂主钱德苍也。苍天有眼，让他科举不第，遂有《缀白裘》集大成之美。除此套书外，他还增删替补过民间坊本《解人颐》，于清乾隆二十六年(1761年)刊行于世。所谓《解人颐》，以"解颐"为宗旨也，集诗文词赋、俚语俗谚于一书，其精妙之处，常能令人捧腹或会心一笑。无论陶情遣兴、寄感抒怀，都可使人悟出一种豁达乐观的人生主张与超脱气性。它劝人安分随时，怡养天真；谏人淡泊名利、勿纵物欲。今天读来，仍然能起到喻人警世的作用。这样的一个集民间文化之大成者，让我想起了蒲松龄，冯梦龙，以及许多被科举拒之门外的"白衣卿相"。第八集的序言，为我们描绘了一个科举时代的叛逆者："豪放不羁，性好音律，常遨游于燕赵齐楚，诸王公贵人，莫不羡其才,愿罗而致之幕下,钱君不屑也。唯跌宕于酒旗歌扇之场,岁辑缀白裘一册,自歌自咏,若醉若狂"。正是有了不屑于王公贵族之帐下的傲骨,有了遨游于民间与草根的气概,我们才拥有了《聊斋》《三言》和《二拍》,拥有了"天生我材必有用",以及"杨柳岸,晓风残月"。钱德苍缀了这么多的白裘,其实,最珍贵的白裘,就是他自己。

感谢徐本一先生,将这样珍贵的古籍善本赠予我。写此文时,江城入伏。高温酷暑,三镇如蒸。但在灯下翻阅善本,心中顿有清泉生焉。先生侠义所赠,又何尝不是最珍贵的情谊,最珍贵的白裘。

怎不令人惊喜而感动呢?

新年赠书

欣儿从美国回来过年了。董老师,我给你带来两本美国的旧书,很老很老的旧书啊。是吗?太好啦!2013年的秋天,欣儿陪一位美国的女作家回武汉做新书宣传,我邀请了几位武汉的作家,一起在汉口江滩的汉口茶港品茶座谈。聊天时,说到旧书收藏,欣儿说,我也帮你在美国留意吧。

这个世界最有生命力的词语,就是留意。2013年底,欣儿在她居住的城市欧克莱尔市看到一个家庭在搬家前大量出售闲置物品。女主人已经八十多岁了,丈夫去世后,她决定搬到老人公寓去,便出售了房子,以及大部分物品。

那天阳光很好,孙女们忙着张罗出售的事情,老太太坐在桌边看一本书。欣儿挑了一些东西,便和她聊起天来。得知欣儿是中国人,老太太说,她的先生非常喜欢中国,喜欢吃中国的饺子。她指着桌上的书说,这本书,就是她先生喜欢的小说。她的先生是一位小学教师,而这本书,就是写给孩子们看的。

欣儿一听,便留意了。说,我有一位朋友,是中国的作家,儿童文学作家,专门给孩子们写书的,而且,也很喜欢收藏旧书,很老很老的旧书。

老太太说,真的吗?这本书,就很老很老啊,你可以带回中国给他啊。

欣儿兴奋起来。是啊,下个月就是春节了,这本书正好可以作为礼物送给大胡子呢。

于是,她便花了十五美元,买下了这本很老很老的书。

老太太也很高兴,说,我先生喜欢的书,终于可以到一个值得拥有它的作家手里了。

这本书,便是美国著名的儿童文学作家凯特·道格拉斯·威金的儿童小说《Susanna and Sue》,倘若翻译成中文,可以称《苏珊娜和苏》。

凯特·道格拉斯·威金,(1856—1923年),美国作家、幼儿园创始人,出生于费城的凯特·道格拉斯·史密斯家族,17岁时,家族移居到加利福尼亚。1878年,她在太平洋沿岸的旧金山建立了第一个免费的幼儿园,两年后,又和她的妹妹诺拉·阿奇博尔德·史密斯共同建立了加利福尼亚州幼儿园培训学校。她的名声因《鸟儿的圣诞颂歌》(1887年)而确立,这是关于一个名叫卡罗尔·伯德的天使般的儿童的故事。而她最著名的小说,是《太阳溪农场的丽贝卡》,讲的是一个与姨妈住在一起的十岁小女孩的故事，被纽约国家图书馆评为"人生励志之书世纪第一名"。《太阳溪农场的丽贝卡》有许多中译本。而《苏珊娜和苏》还没有中译本，但是，国内已经引进了英文的原版书。

欣儿带回的这本《苏珊娜和苏》，由美国哈顿·米福林公司出版1909年初版。哈顿·米福林公司在波士顿和纽约同时推出。令我惊奇的是，这本书，出版至今，已经一个多世纪了，真的是很老很老了啊，但是，品相仍然很好。精装本，沉甸甸的，封面典雅精致。内页文字均用彩色花纹环绕，书中还有不少精美的铜版画的插图。真的是一本珍贵的好书！

欣儿送的另外一本旧书，也是世界名著，马克·吐温的《汤姆·索亚历险记》。红色封面，精装本，扉页是一幅画，两个少年在河边的大树下垂钓，远山、大河，一艘轮船正冒着浓烟开了过来。这本书出版于1922年，也是很老很老的书了。欣儿说，这是她在芝加哥的一家旧书店淘来的，那家旧书店，叫街角书店。

在美国，马克·吐温被誉为文学史上的林肯。海伦·凯勒曾说："我喜欢马克·吐温——谁会不喜欢他呢？即使是上帝，亦会钟爱他，赋予其智慧，并于其心灵里绘画出一道爱与信仰的彩虹。"威廉·福克纳称马克·吐温为"第一位真正的美国作家，我们都是继承他而来"。《汤姆·索亚历险记》是马克·吐温的四大名著之一。这部小说虽是为儿童写的，但它何尝不是写

《汤姆·索亚历险记》扉页画

给那些大人们看的。正如马克·吐温在原序中写道:"写这本小说,我主要是为了娱乐孩子们,但我希望大人们不要因为这是本小孩看的书就将它束之高阁。"因为阅读这本小说能让"成年人从中想起当年的他们自己,那时的情感、思想、言谈以及一些令人不可思议的做法"。

这样的两本书到达中国,到达武汉,正是马年春节。那天雨夹雪,欣儿家人朋友一行从武昌来到汉口,在九品莲品茶,专程送来珍贵的礼物。听她讲述在美国留意旧书的故事,不远万里带回中国,真的好感动。这是我收到的最别致最珍贵的新年礼物。我的回赠,也是书,是今年刚刚出版的一本小书《好个大汉口》,

是我写武汉的散文集。第一辑，写的是武汉的小吃，热干面、米粉、烧梅、面窝、好香啊。

欣儿也出生在汉口的长堤街，"那是汉口最古老的一条街道。后来就成为汉口最早最繁华的一条商业街。长堤街原来是青石板铺筑的路面，沿街是密密麻麻的商铺。铺面一般是两层楼，楼下是商铺，楼上是住家的木板屋，一排雕花的木窗，黑潮潮的布瓦，瓦棱间长着陈年的艾蒿，或者铁线一般的狗尾草。走过了酱坊、锣铺、布铺、香坊和杂货铺，迎面就是十字街头的茶馆了。茶馆里永远弥漫着潮湿的水蒸气，弥漫着茶叶的清香。春雨潇潇，一个编着麻花辫子的小姑娘，乌黑的辫子上缠着红头绳，扎着一朵洁白的栀子花。她的右手挽着一个竹篮子，竹篮里摆着一排排的栀子花或者茉莉花。她的声音脆脆的，有时带着武汉周边的汉阳县或者黄陂县的乡音。小巷是幽深幽深的，她的叫卖声挟带着花香，是飘飘渺渺的，是绵绵长长的"。

"栀子花来——"

"茉莉花来——"

我的回赠，是故乡的回忆，故乡的春天。

一篓木炭

书友克强来电话,说汉口崇仁路旧书店有一批民国新文学的旧书,有百本之多,据说有沈从文《边城》的初版本,初听有些不大相信。崇仁路收藏品市场我经常去,那里的几家旧书店,我也是常客了,几斤几两我还是比较清楚的,能一下子冒出来百本新文学的旧书吗?但我还是期待着奇迹。这年月,就是个英雄辈出、奇迹不断的时代,还有什么是不可能的呢?

几次电话联系,说好了上午10点见面。便如约来到收藏品市场门前,却不见克强。再打电话,说不在收藏品市场内,在另外的地方。

克强来了,带我过了马路,来到硚口区的一条小巷里。迎面一块招牌:"杏坛书店"。下面的地址就有些意思了:"查令十字街84号"。"杏坛"者,传说中孔子聚徒讲学之地也,也泛指学校与教育。而"查令十字街",可不是硚口区的街名,而是英国伦敦著名的旧书店一条街,是全世界爱书人的圣地。"查令十字街84

号",是一家小小的旧书店,老板叫弗兰克·德尔,是一个矜持稳重的英伦绅士。有一天,一个叫汉芙·海莲的美国小姐来信寻书,这个性情活泼的女人,是个爱书成痴却穷困潦倒的编剧。于是,英国绅士与美国小姐之间,就开始了长达二十年的书信往来。二十年间,他们爱书,谈书,却从未谋面。后来,汉芙·海莲将彼此的书信集编成一本书:《查令十字街84号》。这本书,便成为爱书人的圣经,成为全球爱书人之间的一个"接头暗号"。看来,旧书店的主人是个有文化情怀的读书人。

冬天的阳光很好。一位慈眉善眼的婆婆正在书店门口择菜。走进狭小的书店,便见到了"杏坛"上的"弗兰克·德尔"。老板姓李,看见他的笑脸,猛地觉得似曾相识。临窗的书桌上,有一套茶具。几摞旧书,已经摆在了书桌上和床铺上。

来不及细细品茶寒暄,我就迫不及待地看书了。果然都是新文学的名著,而且品相很好。果然有沈从文的《边城》,开明书店民国三十二年九月(1943年)的初版本。让我眼前一亮的是,钱钟书先生《围城》的初版本,晨光出版社1947年5月初版,而且是精装本,沉甸甸的,如同一本厚厚的词典。接下来,就让人有点目不暇接了:叶圣陶的《稻草人》、《古代英雄的石像》、《未厌居习作》、《脚步集》;冰心的小说集、散文集、诗集;老舍的《二马》、《赵子曰》、《火车集》,

《稻草人》书影

《赵子曰》与《火车集》均是初版；丰子恺的《缘缘堂随笔》，开明书店民国三十四年一月（1945年）内一版，《车厢社会》，良友的初版，以及《艺术趣味》；巴金的《小人小事》与《怀念》，均是初版；艾芜的《我的青年时代》，郑振铎的《蛰居散记》、《鲁彦散文集》，聂绀弩的《关于知识分子》，阿英的《群莺乱飞》，平可的《山长水远》三册，欧阳凡海的《金菩萨》，均是初版。此外，小说与杂文的书籍，还有林语堂的《瞬息京华》，夏丏尊的《平屋杂文》，味橄即钱歌川的《巴山随笔》

等，大家云集，琳琅满目。

剧作家的作品，也令人开眼：有郭沫若的《南冠草》，洪深的《寄生草》，陈白尘的《岁寒图》，柯灵的《恨海》，周贻白的《花木兰》；更有趣味的是，几乎将吴祖光的剧作一网打尽：他的《林冲夜奔》、《嫦娥奔月》、《风雪夜归人》、《少年游》、《正气歌》等，尽在网中。

令我心动的，还有许多名家的翻译作品。有赵元任译《阿丽思漫游奇境记》，郭沫若译《浮士德》（东南出版社民国三十三年四月（1944年）初版，有郭氏的印花，戴望舒译的《青色鸟》和《鹅妈妈的故事》；而徐迟译《托尔斯泰散文集》，卞之琳译纪德《新的粮食》，李青崖译《俘虏》，叶君健译《亚格曼农王》，柳无垢译《实情如此》等，俱是初版本。

鲁迅先生也未闲着。他的《阿Q正传》，一是上海中原书局出的英汉对照本，我是第一次见到，一是许幸之编剧的剧本，系光明书局民国三十二年一月（1943年）桂林的初版本，殊为珍贵。

还有许多好书。不能一一列举。我挑了六十多本，应该是我近年来新文学民国版本的重大收获。

临窗品茶品书，才知李胜先生其实是一位诗人。他的诗集《企鹅》，是曾卓先生写的序言。他曾做过果园看守人、司机，读过电大，也曾颠沛流离于数省，包括香港。年轻时酷爱现代派文学，从波德莱尔到艾略特，读了便写。最令我感动的是，他在武昌的地摊上，收集了许多我署名的藏书，许多都是我 20 世纪 70 年代购买的，不知何故散落民间，又被李先生收藏了，今天一并赠送给我了。

"一个孩子坐在，一块巨大的石头上，好像期待着什么奇迹，变成了太阳下的一块木炭。"这是李先生年轻的诗句。今天，奇迹终于发生了。我庄重地接过了一篓珍贵的木炭，就像接过了一支熊熊燃烧的火炬。

无书之城

最近，听说汉口的武胜路新华书店要拆了。

突然就觉得心里堵得慌。

在此之前，汉口江汉路新华书店已经拆了，连同交通路的书店一条街，以及江汉路与交通路的历史建筑。拆毁之前，我也是刚从外地回来，一听到这个消息，脑袋都大了，连忙抓着照相机，赶到江汉路，去为新华书店留下最后的遗照。赶去的时候，挖掘机已经挥舞着铁抓手，正在快意地摧毁精益眼镜店旁边的楼房了。我举起了相机。我看见那铁的抓手肆无忌惮地轰鸣着。我觉得我的心也被什么紧紧地抓住了。我从来没有想过，江汉路历史街区居然会被拆毁。我以为保留和保护一个城市的文化历史遗产，是一个城市公民最起码的道德底线。但是，天真善良的我们错了。我们真的低估了市场、资本的力量，低估了权力的力量。那天，去为江汉路、交通路老建筑以及新华书店送行的，还有不少人。大家默默地举起相机，为即将逝去的建筑拍照。书店前一个摆小摊的朋友告诉我，这些天，还有不少的家长带着孩子，来这里拍照留念。因为这里留下了他们的记忆，而那些在武汉快意地拆毁文化历史建筑的人，他们的童年中，有过这样的记忆吗？

　　我默默地站在这些老建筑的身旁，什么也不说，只是默默地陪伴着他们。我只想默默地多陪他们一下。我眼前浮现的，是石板路的交通路，两边都是各种各样的书店。一个八九岁的小男孩，每天放学后，走了很远的路，来到古籍书店看书。那时的古籍书店，人很少，书开架，还有书梯放在书架旁，方便读者上梯去选上面的书。于是，这里便成了一个买不起书，但却渴望读书的穷孩子的图书馆，成为我的精神家园。我可以任意地翻阅书籍，甚至坐在书梯上，静静地看书，而不用担心营业员前来干涉，或者驱赶。从小学二年级，一直到今天，我与江汉路新华书店相处相知了四十多年。几乎每个星期天，我都会和我的家人来这里淘书。逛书店，已经成为我，成为我们全家生活中不可缺少的一部分。我在这里看书，买书，也在这里为自己的新书举办发布会或签售活动。我对古旧书的喜爱与收藏，也是从这里起步的。

　　交通路让我肃然起敬，并充满自豪的，是它曾经辉煌的历史。抗战期间，特别是1937年年底至1938年10月，武汉成为全国的战时首都，北京、上海、东北、岭南的文化人,几乎都来过交通路,并留下抗战足迹。一时间,交通路上云集的书局、出版社、杂志公司,达四十余家,成为中国文化史与抗战史上的一座丰碑。

我知道,老舍先生来过武汉,冯玉祥将军在老舍抵达汉口之后,专门为他写了一首诗:"老舍先生到武汉,提只提箱赴国难。妻子儿女全不顾,赴汤蹈火为抗战。"老舍来后,就任"中华全国文艺界抗敌协会"的负责人,创办了机关刊物《抗战文艺》,这是抗战期间唯一贯穿至抗战胜利的文艺期刊,其诞生地就在汉口交通路四十号。

老舍来后,茅盾也来了。他住在交通路的交通旅馆,就在开明书店的对面,生活书店的隔壁。他来武汉,是与生活书店商量编辑出版《文艺阵地》杂志。全国文艺人士云集武汉,正是约稿的好机会。

我还知道,著名的三联书店,其发祥地,就在汉口的交通路。"三联"者,民国时期三家著名的出版社生活书店、读书生活社、新知书店三强的联合也。生活书店的创办人是邹韬奋,读书出版社的创办人是李公朴,艾思奇等,新知书店的创办人是钱俊瑞、薛暮桥等,这样三家书店同时扎堆在交通路,抗战使他们联合在了一起。

除了茅盾、老舍等著名的作家来到交通路外,许多当时的热血青年才俊也来了。上海沦陷后,叶浅予、张乐平、丁聪、黄苗子等十多位才华横溢的漫画家来到武汉，组成了抗战中的一支特殊队伍——"救亡漫画宣传队"，于1938年元月在汉口交通路创办了《抗战漫画》半月刊，每期的发行量达二万册以上。丰子恺先生在武汉也奋笔疾呼："最后的胜利已经在望了，全国漫画家齐冲锋！"并为《抗战文艺》配图作画。

在众多的书店中，中共地下党开设的书店联营书店，也在交通路二十一号。联营书店积极宣传马列主义，除了《联共(布)党史简明教程》、《列宁文选》等中文版书籍，还有毛主席的《新民主主义论》、《论联合政府》、《在延安文艺座谈会上的讲话》和《整风文献》等。

除了这些进步的书店外，民国时期著名的上海中华书局、世界书局与商务印书馆等，均在武汉设有分局，地址全在交通路。

这样的具有历史意义的文化一条街，应该是武汉的骄傲，是历史留给武汉的子孙后代不可复制的文化遗产与革命念想。可是，在我与之相知的四十多年中，我亲眼见证了交通路文化街的逐渐消亡。

20世纪80年代以前，交通路尚有古籍书店、科技书店、外文书店，翰墨林等，江汉路的新华书店与交通路实际上是相通的。"文化大革命"刚结束，全国掀起了名著出版热，我亲眼见证并且亲自汇入了天未亮就赶到江汉路交通路书店排队买书的洪流之中。那时的江汉路和交通路书店，真的是热气腾腾。但是好景不长，到了 80 年代中期，交通路变成了水产一条街，满街卖的都是乌龟王八，鱼腥压住了书香。然后，是街左边的一排书店悄悄消失了；然后，街右边的书店只剩下了古籍书店；然后，古籍书店也消失了，门面变成了商业门店；而交通路左边则被拆除，建了大型商场，文化街不但没有了文化，而且只剩下了半条街。到了现在，这残缺的半条街也保不住了，不但交通路只剩下了一个地名，就连江汉路那一边的历史建筑，也在一夜间轰然拆毁，全国著名的文化街，一个民族抗战的无比珍贵的历史遗存，就这样彻底地被毁灭了。

现在，汉口仅存的大型书店，武胜路新华书店，马上又要拆毁了。这就意味着，目前的大汉口，已经没有大型书店了。有人说，拆了以后还会建的啊，五年以后汉口还会有大型书店的啊。噢，阿弥陀佛！五年后。我们有个盼头了。可是，这五年之中，汉口的读者买书都得过江去吗？拆除新华书店的预案中，难道就没有书店空白期的过渡方案吗？文化大繁荣的口号震天响，民生的口号震天响，老百姓的文化需求购书需求难道不是民生问题吗？

我到过全国无数的新华书店，毫无例外地，每个城市的新华书店，哪怕小小的县城，全都建在城市最繁华最中心的地方。这是新中国成立后给予书店最崇高的地位，是一个城市文化的尊严。半个世纪过去了，新华书店的后继者们只能靠出卖门面出卖地皮维持生存了。在城市最繁华最中心的地方,文化被强迫退场,商业地产高耸入云。我不知道将来的历史,将会怎样评价今天文化的悲哀。

好在武汉还有江南,还有武昌的崇文书城,光谷书城,尤其可喜的,是汉街上新开的文华书城,以崭新的人文风貌给予武汉的读书人一丝安慰。更让人产生期待的,是武汉要建成"读书之城",我想,一个读书之城,是不会让武汉的江北,在五年内成为没有大型书店的"无书之城"吧?

西施捡漏

但凡喜爱收藏的人,都渴望着"捡漏",渴望着一不小心,捡到个金娃娃。这样的心情,倒不完全是为了获利,而是一种奇遇的愉悦。

但是,这些年来,随着全民收藏热的升温,乃至发烧,捡漏的奇遇恐怕是越来越少了,而一不小心花大价钱捡了个大赝品,还当宝贝珍藏着,这样的笑话和故事,则比比皆是。

当然,还有一种情况,就是一不小心,捡到了自己喜欢的,也有价值的收藏品,这样的收获,哪怕只是海滩上的一枚小小的贝壳,对于收藏者来说,也算是一种小小的"捡漏"呢。

不久前,我到浙江诸暨讲课,就在不经意间,捡到一个小小的"漏"。

诸暨是西施的故乡,曾是越国古都,是古越文化的发祥地之一,自古地灵人杰,文化灿烂。除了西施,卧薪尝胆的勾践,雄才大略的范蠡,创立佛教曹洞宗的唐高僧良价，古代画家王冕、陈洪绶等，都出自诸暨。因此，我一到诸暨，就赶快打听有无"两老"：老街与老书。新华书店的钟经理告诉我，老街恐怕都拆光了，老书也很少看到了，不过，人民广场附近有两家旧书店，可以去看看。

于是，吃罢晚饭，不顾旅途劳顿，我马上要求去看旧书店。钟经理带我穿过舞曲震天的人民广场，来到旧书店。我进去一看，满屋都是崭新的盗版书，偶有几本过期的旧杂志，让我大失所望。

然后，就是一天两场的讲课。钟经理看我辛苦，便安排了一个下午，带我去西施故里去参观。我带的相机终于派上了用场，拍夕阳下的垂钓者，浣纱江畔的洗衣妇，幸存下来的老房子，老房子旁手工制作年糕的老艺人。然后，在"饭淘箩"吃罢晚饭，走进空寂的文化街，听见格窗内寂寞的箫声，看到一家书画店内满墙的书法，便忍不住进去观赏。不经意间，看到柜台内，有一大摞破破烂烂的旧书。

就像狼看见了羊群，我的手立刻就痒了。征得主家同意，我到柜台内开始翻阅。这批书，大部分是线装书，均是残本，有医书，也有典籍、字帖，但都残破得厉害。我挑了一部分字帖与教科书，正问价，女主人却说，要等先生回来。

于是又等到第二天傍晚，讲完课，专程赶到书画店。店主已经将我挑的书分了类，分别开了价。我早就知道,在浙江,书画类的书籍,绝对比人文类的书籍要贵。那些字帖,芥子园画谱,果然开价奇高。无奈,只好挑了几本作文和民国教科书类的书籍,一起打包开价,最后,500元成交。

回到宾馆,急忙翻阅欣赏,眼睛顿时就亮了。

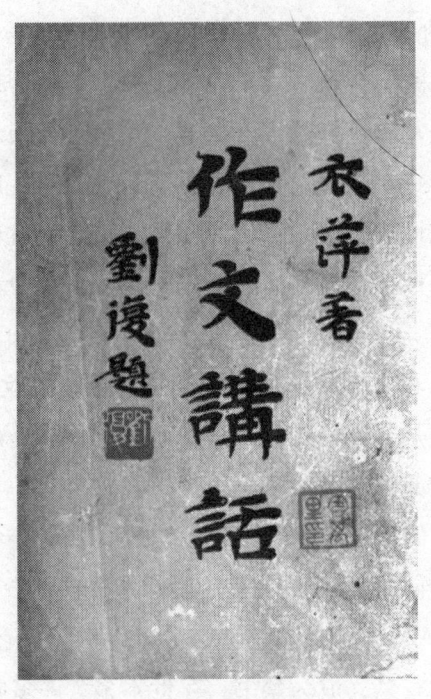

《作文讲话》书影

一本《作文讲话》,衣萍著,刘复题写书名,北新书局1930年12月初版,品相极佳。衣萍者,章衣萍也；刘复者，刘半农也。这个章衣萍，当年可是个人物，他是胡适的老乡，有才气，年轻时猖狂自傲，经人介绍认识了胡适。胡适在北大执教，同情这个穷学生，让他帮自己抄抄文稿，算是打工。于是，他便以胡适"秘书"自居，常常在言谈之中，开口闭口以"我的朋友胡适之"而引为自豪。后来，又认识了鲁迅，成为《语丝》的撰稿人。当年，他曾创作了一本畅销书，叫《情书一束》。这部短篇小说集，是章衣萍的成名之作，据说，是章衣萍和画家叶天底、女作家吴曙天三角恋的产物。《情书一束》几年间发行近两万册，成为畅销书，还被译成俄文。章衣萍和吴曙天结为伉俪。他写小说，写散文，但是，我不知道他还写过中小学生的作文专著。《作文讲话》是他1930年在莫干山养病期间写就的。在书中，他强调观察与想象是作文的基础，许多观点是很有见地的。这次淘到，应该算是捡到一个小小的漏。

更大的惊喜，应该是邵伯棠所著《高等小学论说文范》。这样一套小小的高等小学的作文教科书，当年居然引起了中日之间的外交风波，《高等小学论说文范》被袁世凯查禁，成为禁书，存世不多。许多收藏家苦苦寻觅而不得，却被我在不经意间而得之，真乃皇天厚我也。

邵伯棠，清末山阴人，字希雍，号苇圃，曾任崇仁县训导，四川巴山学署，是一位有爱国情怀的饱学之士，长期在上海会文堂书局做编辑。清朝末年，清政府将各级书院改为高、中、小学堂，"兼习中西学术"，编写新式教材成了教育界的当务之急。邵伯棠便着手编著了《高等论说文范1—4册》，在其书的扉页上，明确宣告："发爱国之思想，播良善之种子，愿全国高等小学学校作国文读本可也。"

该书出版于清宣统三年，也就是1911年。一经问世，洛阳纸贵。1914年9月13日，东京《日日新闻》发文抗议，称该书之内容"充斥排日之激烈文字，辱日之痛切言辞，欲使支那小国民（小学生）与其父兄同样，培养以日本为敌国之精神……"。随后，日本驻华公使又发来公文，声称该书"内载有种种诡激文字，挑发恶感，鼓吹排日思想"。当时的教育总长汤化龙接此公文，不敢怠慢，翌日便复函日本公使，欲息事宁人。10月2日，袁世凯又以总统名义，颁布禁令："严行查禁，毋得稍涉疏忽，是为至要，此令。"禁书之后，日方罢休，此事就此平息。

那么，这"挑发恶感"的"诡激文字"到底是什么呢？我收藏的正好是引起外交纠纷的"卷一"中的一篇文章：《拟日记》。其中，以一个小学生口吻记叙一天的学习经过："上国文课，先生为讲《史记·游侠传》……心怦怦然。次地理，愤日人并吞朝鲜之野心勃勃，思有以创之。"又模仿老师的眉批曰："今又欲垄断满蒙矣，此段亦非闲笔。"

此书遭禁后，导致今天的许多研究者由于没有文本，只能从旁人的引述中去推测。现在，此书就在我手，冬夜翻阅这本一百年前的教科书，真是"心怦怦然"也。按下其中有关中国命运之论述不表，单看对日本之论述，真乃一针见血，真知灼见："异时为中国之祸首者，日本也。为亡中国之导线者，东三省也。"难怪日本人看了，立刻气急败坏，欲禁之而后快了。

我淘到的《高等小学论说文范》，是民国六年二月十日（1917年）的修正十五版。看来，袁世凯死了以后，该书又开始修正出版了。当年接手邵伯棠修订该书的，是他的同乡蔡东藩。他写的《中国历代通俗演义》，可谓是文字长城。一百年过去了，中国人的恶梦还没有做完。小小的钓鱼岛，还要将中日之间的恶梦再持续一百年。看来，这本"禁书"真的具有历史之镜的价值。也就是说，我真的捡了一个"大漏"，一个令国人警醒的"大漏"。

常州一勺

正是江南四月天,再次应邀到常州讲课。主办方安排的酒店,仍然是"东南第一丛林"天宁寺的对面。每天开窗,相看两不厌的,便是天宁寺的宝塔。清晨出门,就路过瞿秋白纪念馆。遗憾的是,每天早出晚归,常州这些著名的旅游景点,名人故居,仍然无缘去瞻仰。眼看行程过半,主人热情,便问,董老师,想到哪里去看看?我如实相告,只想去淘旧书。

旧书?现在哪里还有旧书店呢?

这样吧,到古玩市场看看?说不定会有这些古董旧书的。

于是一天下午,讲完课,回到市区,主人便带我去常州的古玩市场撞大运。时近黄昏,古玩市场中,不少店铺已经关门了。匆匆的逡巡中,一眼瞅见一个柜台中,似有旧书。大声喊来老板,宝贝似地捧出一摞旧书。许多是文革的"红宝书",我不藏的,但是,有两本民国版的郁达夫散文集的毛边本,令我眼热了。

问价，老板说，你买不起的。我倒好奇了，你开个价啊。老板伸出四个手指。四百？老板一听，也不言语，将书收进玻璃柜中，接着便上锁。我再次好奇，微笑请教。老板鼻子哼了一声："四千！"一本四千元？这倒是出乎我意料之外。郁达夫的集子，我倒是藏有不少。有的是在北京的潘家园，十元一本淘来的。这个老板，一柜子的文革报刊，在他看来，这两本旧书，便是他的镇柜之宝了。

主人锁好柜子，扬长而去，却在转弯处站着，似乎等我再次喊他回来。我偏不，任他矫情去。

正要离去，一眼瞥见对面柜台上，摆有一摞旧书。守摊的，是位老板娘。主卖瓷器杂件，这些破书，恐怕是搭着卖的。挑了一本叶至美翻译的西蒙诺夫的《在布拉格的栗树下》，问价，老板娘也不懂，随口说："蛮贵的，三十元。"我还价："二十吧？"老板娘挥挥手。我便拿走了。

西蒙诺夫，苏联时代的著名作家，他的名著，是反映二战期间斯大林格勒保卫战的长篇小说《日日夜夜》，我藏有两个旧译本的。但是，眼前的这本书，是开明书店1949年9月的初版，百度西蒙诺夫的著作，鲜见有剧本《在布拉格的栗树下》。我感兴趣的是，叶至美女士的译作，我还是首次看见。叶至美，是叶圣陶先生的女公子。她与哥哥叶至善、弟弟叶至诚，曾经在1942年到1944年间，合作出版过两本"作文本

《在布拉格的栗树下》书影

儿"的作品合集:《花萼》和《三叶》。我的朋友、儿童文学作家徐鲁先生,曾经在旧书摊上淘到她的译作:苏联作家盖达尔的《学校》,并主编重新出版。而西蒙诺夫的剧本《在布拉格的栗树下》,恐怕是个非常鲜见的版本了吧?

就在矫情男子"扬长而去"的时候,一个中年男人伸出了热情的双手:"我是专门卖旧书的,去我那里看看!"

果然是一间旧书店。大多是二十世纪七八十年代的旧书，线装书、民国版的倒是有一些，但是入眼的不多。勉强挑了十本，老板再次开价："四千！"他的理由是，别人一本四千，我十本四千，已经够便宜了啊。我说人家是毛边本，你的这些书，是平装本，我只想挑其中几本，他却将书撂下，就准备走。常州的朋友便调和：那就一千吧。我尚在犹豫中，他将十本书塞给我，就算成交了。

也许我习惯于捡漏了。待后来到了上海，见到沈从文、周作人、张爱玲的旧书开价到了一万多元一本，才知道为什么常州的旧书老板会这么开价。这十本旧书，亦有不少的喜悦。首先喜爱的，是《被开垦的处女地》，苏南新华书店1949年7月初版，梭罗柯夫原著，张虹节写。封面是一戴草帽的农人荷锄耕耘，画面简洁有力。梭罗柯夫者，苏联著名作家肖洛霍夫的中译名也。他曾因长篇小说《静静的顿河》而获诺贝尔文学奖。《被开垦的处女地》亦是他的名著，最早的翻译者，是周立波。我曾在网上见过周立波的两个译本：一是太岳新华书店1947年5月初版本，一是生活书店1948年6月初版本。《被开垦的处女地》描写的是苏联的合作化运动，后来，丁玲与周立波描写土改运动的长篇小说《太阳照在桑干河上》和《暴风骤雨》，也许就受到过肖氏作品的影响。

有意思的是，这次淘到的旧书中，还有几本当年解放区新华书店出版的书籍，见证着当年的解放区中，新华书店不仅仅只是发行机构，而且，还是出版机构。例如，艾思奇的《大众哲学》的重改本，便是皖北新华书店1949年6月初版。封面，是农人播种与工人搬动齿轮在劳动。《蒋党真相》，华中新华书店1948年6月初版。艾思奇，云南腾冲人，曾留学日本。1937年到延安，先后在抗日军政大学、陕北公学、马列学院任教。毛泽东非常喜欢《大众哲学》，艾思奇初到延安时，毛泽东亲切地说："噢！搞《大众哲学》的艾思奇来了，你好呀！思奇同志，你的《大众哲学》我读过好几遍了。"《大众哲学》1936年1月在上海初版，此后，不断流传到解放区和根据地，有了很多翻印的版本，而皖北新华书店1949年6月的初版本，则是第一次见到。

除了这些"边区版"的旧书外，还有值得一说的呢。例如，叶圣陶与夏丏尊合著的《文心》，开明书店民国二十二年（1933年）初版，民国三十六年二月（1947年）十七版。刚才淘到叶至美的译作，马上又淘到她父亲叶圣陶先生的著作，也是一件趣事。章衣萍的《杜甫》，儿童书局出版的"中国名人故事丛书"之一，民国二十四年二月（1935年）初版，民国三十四年十月（1935年）十版。写情书出名的章衣萍，还为儿童写过这样的通俗读物？我蛮好奇的。淘旧书，讲究的除了版本，就是封面书影。孙起孟先生著的《词与句》，封面便十分可爱，此书为"开明少年丛书之一"，开明书店民国三十八年三月（1949年）七版。封面上下，有蓝色的花边装饰，一帧钢笔画，两个孩子在树下说话，封面字画亦为蓝色。孙起孟先生是中国民主建国会的创建人之一，也是中国现代职业教育的先行者。《词与句》，是一本为孩子们学习语法而写的通俗读物。在序言中，孙起孟先生深情地谈起自己为"幼小者"写书的缘起："这本小书虽无足取，但是，我是以老鸟吐哺的虔肃的心情写出来的。"我曾在中学当过语文教师，看这样的书籍，自然亲切了。

在常州匆匆淘到的"一勺水"中，新华书店的"边区版"，以及开明书店的"开明版"，占了大多数，显然是一个小小的喜悦。只是淘完这家书店，古玩市场已经关门。后来的几天，再没有时间去淘书了，只能留待来日了。当然，留待来日的，还有对常州的人文寻访。常州是苏东坡两次向皇帝上表请求居住的地方。东坡一生遭贬谪，四处漂泊，最后请求居住常州，获准，高兴而急切地说："今且速归毗陵，聊自憩，此我里"，却在到达常州四十余日后，便与世长辞。"病眼不眠非守岁，乡音无伴苦思归"，苏东坡最后眷念的地方，千年文化古城，想必来日会给我一丝惊喜吧？这么期待着，告别了常州，告别了大运河边的黑瓦白壁，以及油菜花飘香的江南。

烟云安在

我还在江苏讲课的时候,就谋划着去上海了。下一站,是到成都。常州没有直飞航班,我从上海乘机,正好可以去专程淘书。

2013年4月20日的早晨,上海大雨,气温陡降。外甥大为开车接我,为了帮我淘书,他专门上网做了功课,还带上地图。第一站,便是福州路。

大雨磅礴,天地如注。快到福州路的时候,突然接到宏量弟的电话,急切地问,你在哪里?我在上海啊。噢,还以为你到成都了。怎么啦?四川雅安地震了!

啊?雅安地震?顿时大惊。武汉茶友张岳峰先生正在雅安访茶,前天还来电话,约我去雅安品茶呢!

赶紧电话张先生,不通,心里就惴惴不安了。淘书的雅兴,顿时就去了大半。

福州路是上海的文化街,书店林立,是我访沪必到之地。久别重逢,自然每家书店都要去拜访一下。

最大、最宏伟的，是上海书城。现代化的大楼，瞻仰了一圈。上海博古斋，专营艺术书籍，买了一本小书，盖了戳，留作纪念。上海外文书店附近的旧书店，均是外版书，彼此互不相识，只是专程造访，道声珍重。随后，就直奔上海古籍书店。

我的目标，是四楼的上海旧书店。

四楼的旧书店，其实是一个古旧书的卖场。有好多家卖旧书刊的书商，在此扎堆经营。还没走两家，就迈不开脚步了。书柜里许多珍品，让人眼热，而不菲的价格，也让人心跳。张爱玲的《流言》，开价六千，且没有版权页；沈从文的《边城》，周作人的杂文集，阿英的一本毛边本，开价均为一万二千元。一册《志摩的诗》，开价三千，我犹豫了半天。有位老先生见我逡巡不语，无声地向我推荐了一批书，倒是让我坐了下来。

《块肉余生述》一套四册，迭更司著，林纾、魏易译。商务印书馆民国三年六月（1914年）初版。眼前的这套是民国二十六年六月（1937年）国难后第三版。封面套彩，一位母亲怀抱婴儿正临窗喂奶，全书品相极佳，开价两千。

《块肉余生述》，即英国19世纪作家狄更斯的著名小说《大卫·科波菲尔》，写的是一个孤儿幼年至成年的悲欢遭遇。"块肉"者，孤儿也，《块肉余生述》是林纾根据小说内容所撰的译名。

《块肉余生述》书影

　　林纾,字琴南,清末民初著名的翻译家。光绪八年(1882年)举人。林纾其实不懂外语,他走上翻译外国名著之路,纯属偶然。光绪二十三年(1897年),林纾的母亲与妻子相继病故。几位好友为帮林纾走出消沉,便邀他一同译书。林纾不懂外文,再三推脱,可是,朋友中就有既精通法文,又精于古文的王寿昌。他曾留学法国巴黎大学,便向林纾讲了小仲马《茶花女》的故事。林纾被《茶花女》的故事打动了,便开始了与王寿昌的合作。每天,王寿昌口译一个小时,林纾笔译三千字。王寿昌动情于前,林纾传神于后。这样,不到半年,全书译完,名曰《巴黎茶花女遗事》。以王、林二人的笔名"晓斋主人"与"冷红生"出版,于光绪二十五年二月(1899年)在福州首版发行。这是中国近代第一部用文言文形式翻译介绍的西洋小说,一时风行全国,洛阳纸贵。当时严复曾有诗曰:"可怜一卷茶花女,断尽支那荡子肠。"就是对此译作巨大影响的真实写照。

林纾与王寿昌均是福建人,仿佛要对应我今日到福州路来淘书似的。王寿昌后来曾任汉阳兵工厂厂长,颇受张之洞器重。不知香帅当年,看过"茶花女"没有?

林纾译作大获成功后,商务印书馆便邀请他,专译欧美小说,先后翻译了一百八十余部世界名著。许多著名作家的作品,都是通过林纾之手,第一次介绍到中国的。因此,他对中国走向世界的历史进程,功不可没,同时,"林译小说"也影响了很多现代作家。鲁迅及周作人两兄弟在日本留学时,只要林纾的译作一出,不但急切购买阅读,而且还拿到订书店去改装成硬纸板书面、青灰洋布书脊的精装书,以便收藏。郭沫若也曾回忆说,少年时代最爱的读物,便是"林译小说"。钱钟书从小也嗜读"林译小说",并且坦承:"我自己就是读了他翻译的书而增加学习外国语文的兴趣的。"

《块肉余生述》也是林纾重要的译作。合作者魏易,毕业于上海梵王渡学院,即上海圣约翰大学的前身。大学毕业回到杭州,得遇林纾,两人合作翻译的第一部作品,是《黑奴吁天录》,即美国女作家斯托夫人所著的《汤姆叔叔的小屋》。这样一部为奴隶呐喊的作品出版后,其影响力不亚于《巴黎茶花女遗事》。日本的中国留学生于1906年成立了名为"春柳社"的话剧团,就将《黑奴吁天录》改编为五幕话剧,1907年在东京上演,引起轰动。春柳社的创始人,便是后来的弘一法师,李叔同先生。

林纾先生的译作,品相这么的好,我便毫不犹豫买下了。主人见我喜欢,便拿出一套商务印书馆的《说部丛书》,里面也有林纾的译作,开价一百元一本,任我挑选。

"说部"指的是古代小说、笔记、杂著一类的书籍。商务印书馆编辑的《说部丛书》,是中国第一套专门翻译介绍外国作品的大型丛书,其出版时间,从1903年即光绪二十九年开始,到1924年结束,前后长达二十二年,共出版了四集,三百二十二种,可谓浩瀚。老先生推荐给我的,均为初集;我挑选了十本,均为民国二年(1913年)和三年(1914年)的再版本。《说部丛书》早已绝版。能见到这么多的初集本,已属幸运了。我所挑选的书中,林纾先生的译作有:《埃及金塔剖尸记》,系初集十七编;《新天方夜谭》,初集第七十九编。

除了商务印书馆的这些珍贵的译书,我还淘到了胡适先生的译著《短篇小说》。这本书,我曾在杭州的地摊上淘到,可惜没有封面。我为此专门写过一篇书话《最后一课》:"众所周知,晚清翻译外国小说的,不乏其人,最著名的,当数林琴南。他的翻译,全用文言。其后,鲁迅、周作人兄弟翻译外国的短篇小说,结集为《域外小说集》,用的也是文言。而胡适是第一个用白话文翻译都德的这两个名篇的。因此,这两篇小说后来都成为了民国时期国文课的教材。一直到20世纪的80年代,我师范毕业,到中学教语文的时候,都德的《最后一课》还在初中的语文教材中。当然,那个时候,我一点也不知道,都德的《最后一课》最早是胡适翻译的。"想不到这次上海之行,再次淘到此书,而且,封面完整,品相很好,开价不高,仅两百元,我再次收藏了。

正沉浸在百年前的翻译作品之中,电话突然响了,是张岳峰先生从雅安打来的,他说他刚从十六层高楼飞奔下来,高楼像麻花一样扭动,他说要谢谢董哥救了他一命,本来芦山的茶友已经为他订了宾馆,请他去茶山看茶,只因想着要到成都去与我会面而婉拒了,结果,就逃过一劫。岳峰惊魂未定,我呆呆地听着,说不出话来。我看着手中的这些旧书,历经百年沧桑,辗转无数主人,也不知那些作者与译者,包括早期的收藏者,此刻魂归何处?林纾的书房,一曰春觉斋,一曰烟云楼,此时此刻,书斋安在?已如春梦;雅室早毁,如同烟云。人虽逝,楼虽毁,而其译著却穿越历史的烟云,坚实地存在着,以坚韧的文化力量,对抗着无数的灾难与生生死死。

大上海风雨交加,就在雅安地震的当天,我在烟雨江南,在大上海的旧书店,淘到了比旧书更加沉甸甸的东西。

弄堂书香

上海整天寒风冷雨。到了下午,雨未停,风更劲。气温陡降十余度,衣衫单薄,难御风寒。文庙肯定是去不了,庙内主要是旧书地摊,雨天必关门。逛完福州路所有的书店,下一站,便去寻找新文化服务社。

未到上海,我就在网上查找上海的旧书店了。新文化服务社赫然有名:"主要经营经、史、子、集等各类线装古籍,解放前的老期刊,以及现代文学领域各类流派的旧平装。收购、销售各类古书、旧书、期刊、碑帖、画册。"看了介绍,不禁心痒,尤其是"现代文学领域各类流派的旧平装",让人浮想联翩,恨不能插翅而飞,一步抢先,围圈住"各类流派的旧平装",一口吞下,然后,慢慢地品味。

外甥大为在上海求学工作十余年,大路是熟悉的,小弄堂就要寻找了。冒雨开车到瑞金二路,去寻410弄。带了地图,兜了数圈,最后还是停车步行,沿着瑞金二路,一个个弄堂寻了过去。好不容易寻到了410

弄，逼仄的巷子，左边的老房子已经拆光，只剩下一面面老墙，斑驳且沧桑。右边的民居，则老屋与新楼参差混杂。按常识，数到第三栋，却不像是书店。问之，却是4号楼，说3号楼在新建的小区内。

小区是新建的居民楼。寻了去，终于看到一栋大楼的一楼，挂有"新文化服务社"的招牌。大门边的墙面上，还镶嵌着铜牌。推门进去，一股陈旧的旧书味道，扑面而来。室内不大，估计是小区居民的活动场所，曾经摆几桌麻将，现在改成旧书店了？下雨天，又是下午，书店内，没有什么顾客。只有三四个大妈大叔，在那里拉家常。室内的书架上，摆的都是20世纪80年代以后的二手书，以及出版社的库存书，便有些失望。问大叔，有无民国版的旧书？答曰，有啊。遂掏出一串钥匙，走到一扇门前，开门，开灯，果然又是一间书屋，中间摆着一张乒乓球台，估计曾是乒乓球室吧？四壁则满是书架。乒乓球台上，摆放着一排民国版的书刊，都有塑料包裹着，显示珍贵，却是一些医书、杂志，均不是我的菜。于是，就抓紧时间，扑向书架，专拣那些一看就破破烂烂的旧书，抽出来，一本本翻看，不要的，再塞回去。

满壁的书架上，破破烂烂的旧书也不多了。大多是20世纪50年代初的书籍，且破烂得发黑，奄奄一息。网上所说的"各类流派的旧平装"，均未见到，想必是被有心人淘走了。如此顶风冒雨，专程寻来，不带走几本书，自然心有不甘，便淘了一堆。原以为这些发黑的旧书，谈不上品相，价钱可能会便宜一些。哪知一直站在门口，看着我翻书的大叔却告诉我，书的封底，有价钱，且不还价，于是再看封底，果然有铅笔写的书价，普遍高于我的心理价位。看看店内的大妈大叔们，估计谈版本谈品相无益，便长叹一声，将许多可买可不买的又破又黑的书弃下，挑了一些品相稍好的，留作沪上淘书的纪念。

值得一说的，有文化生活出版社出版的《曹禺戏剧集》之一《雷雨》，1953年5月26版；之二《日出》，1953年5月28版；之三《原野》，版权页缺失，但估计是与前两本差不多时期出版。文化生活出版社是巴金等1935年5月在上海创办的，而这套《曹禺戏剧集》则初版于1936年1月。曹禺先生是湖北老乡，一次淘到他的一套戏剧集，也算缘分了。

柳青的《种谷记》，新华书店1949年11月初版，1950年2月再版，《中国人民文艺丛书》之一。扉页盖有"汉语大词典编辑部藏书"大印。《种谷记》是柳青的第一部长篇小说，是他在延安参加整风运动后，到米脂县当了三年乡文书，在农村完成的。1945年他带着手稿，奔赴东北。1946年到达大连，开始修改《种谷记》。1947年，率先在东北光华书店出版发行。《中国人民文艺丛书》是解放区优秀文学作品的集大成者。1948年，在华北解放区河北省平山县开始编辑，主持者是周扬,参加选编的,先后有柯仲平、陈涌、康濯、赵树理、欧阳山等。我收藏了不少丛书作品,柳青的《种谷记》,是第一次见到。

《小说世界》书影

《小说世界》第十八卷第二期,民国十八年六月(1929年)出版。封面是两个孩子,戴着荷叶帽子,煞是可爱。《小说世界》1923年1月5日创刊于上海,初创时为周刊,武昌人叶劲风主编。商务印书馆出版,1928年第十七卷第一期起改为季刊,由胡怀琛主编。

当年茅盾等创办《小说月报》，影响巨大。但是老板王云五认为《小说月报》过于艰深，于是从商业利益出发，又办了一个主要刊载鸳鸯蝴蝶派作品的《小说世界》。但是，好景不长，到了1929年12月，《小说世界》出至第十八卷第四期时，便停刊了。而我收藏的这本《小说世界》，则是停刊前的第二期，于是，便有了些许不同的意义。

《我的童年》，高尔基著，林曼青译。亚东图书馆民国二十九年六月(1940年)八版。而初版日期则为民国十九年十二月(1930年)。封面为彩印，黑黄相间的波纹中间，是一朵绿色的鲜花。林曼青，是著名左翼作家洪灵菲的笔名。他是左联的发起人之一，当时与鲁迅、田汉等七人被选为常委，洪灵菲最年轻，当年只有二十八岁。但是，他已经创作了《流亡三部曲》，并且就在紧张秘密的地下工作中，翻译了高尔基的《我的童年》。1933年，因叛徒出卖被捕，在狱中，坚贞不屈，1934年，被国民党秘密杀害于南京雨花台，时年三十二岁。

《我的童年》曾经是我少年时代的最爱，深深地影响了我的童年。洪灵菲的传奇经历，也曾在许多书籍中读到过，但一直没有收藏到他的作品。想不到竟然在上海的弄堂里，淘到了他的译作。手捧着这本书，不禁胡思乱想，猜想洪灵菲当年是否来过瑞金二路？是否也在一个春雨霏霏的下午，打着一把雨伞，经过这410弄的弄堂?当他在上海的某一个亭子间翻译这本书的时候,是否会想到,他的作品,会在八十多年后,被一个武汉来的大胡子收藏?而再过八十年,当我也不在这个世界上的时候,我的作品,又会被谁收藏、发现,并且如此怀念呢?

就这样,一边淘书,一边遐想,天就渐渐地黑了。整个书店就只剩下我一个书痴,淘了二十几本我喜欢的书,却忘了早就到了下班的时间了,大妈大叔们还在等着我呢。便赶紧付了款,在店堂内拍了照,与一直站在门口看着我淘书的大叔合了影,心满意足地走出410弄。

雨还在下,风还在刮。大为说,咱们去田子坊吃饭吧,那里的老弄堂,蛮像舅舅小时候住过的汉口里份,一样的石库门,一样的小巷子,你一定会喜欢的。

梦想未来

对未来的预测与向往,似乎是人类的天性。在这个蓝色的星球上,人的一生也许太短暂,对未来世界的预测,其实是生命对美好的憧憬与向往。

小的时候,我最喜爱的科幻小说,就是叶永烈先生创作的《小灵通漫游未来》了。那是叶永烈在20世纪60年代创作的,立即成为畅销书。叶永烈用幽默清新的文笔,为我们描绘了一幅未来世界的奇幻世界:天气完全由人工控制,晴雨随意,"天听人话";天空上高悬人造月亮,从此都市成了真正的不夜城;家家都有机器人充当服务员;人的器官可以像机器零件一样调换,从此人就可以"长生不死"……

但是,叶永烈在书中的许多科学幻想,在今天已经是现实了。譬如:"隐形眼镜","环幕立体电影","掌上微型电视机"已经商品化,而"电视手表"也指日可待。

1934年,上海有家杂志社征稿,请大家谈谈"上海的将来"。

征稿函发出,投稿众多,既有著名作家郁达夫、茅盾、林语堂、施蛰存,也有银行家章乃器,还有大名鼎鼎的特务、时任"军统"第三处处长的丁默村。看看他们的预言,特别有趣。

郁达夫说:"大上海会更大,人口会更多。"此言倒是应验了。

林语堂说:"未来的上海,地皮会更贵,房价会更高。"看来语堂先生有先见之明啊。

施蛰存说:"照目前的情形推算,上海的路会更宽,楼会更高,南京路上会盖起一百多层的洋房。"嘿嘿,现在上海最高的建筑"上海环球国际金融中心"刚好一百多层,当然,它不在南京路,在陆家嘴。

最神奇的是章乃器先生的预言,他认为第二次世界大战不可避免,日本人必然会大规模侵华,上海租界必然会沦陷于敌手,而且,会有大批人成为汉奸。他又说:"未来的上海虽然会是日本帝国主义的上海,但终究还会成为中国民族主义的上海,日本帝国主义的崩溃不过是时间问题,等它崩溃的时候,汉奸会受到人民的裁判。"果然,章先生的预言一一地应验了。但是,章先生有没有预言到,自己有朝一日,会成为著名的"大右派"呢?

就在这被前人预言的上海,我在福州路古籍书店,淘到一本有趣的书:《梦游二十一世纪》。

该书是上海商务印书馆发行的"说部丛书"初级第三编,清光绪癸卯年(1903年)四月初版,民国三年四月(1914年)再版。我淘到的,是再版本。作者是荷兰名不见经传的作家达爱斯克洛提斯,译者为杨德森。在作者的梦游中,21世纪的奇迹是:"电线可传播人声"、"气象室可预测近日有无风雨"、"大西洋海底有一根可以让纽约人和伦敦人交谈的电缆"、"人们在空中航行就像在水中航行一样方便"。看看这些一百年前的幻想,真是令人怦然心动!作者几乎是未卜先知,他的梦想,今天都惊人地变成了现实。我们今天视为平常的电话、天气预报以及飞机,在一百多年前,还是前人的梦想啊。译者在序言中,就曾感叹道:"呜呼!孽海茫茫,浮生若梦。安得以一梦而置身二十一世纪间,闻所未闻,见所未见耶!"此时此刻,我们就生活在前人的梦想与未来世界里,想想真是幸福啊。

无独有偶。就在淘到《梦游二十一世纪》不久,我又在上海淘到了另外一本科幻作品:《将来的世界》。

该书仍然是商务印书馆发行。1937年第一版,陆荷著,黄澹哉译。陆荷何许人也?查了许多的资料,只知道是英国人。而黄澹哉先生,查到他是许多西方名著的翻译者,尤其是经济学方面的著作。我还查到,他曾经是私立南屏女中的老师。有回忆文章说:"南屏

《将来的世界》书影

女中良师荟萃:以杭女中来的教师为基础,除最初的夏丏尊、沈亦云等外,先后有魏金枝、郑效洵、翁大藻、盛叙功、黄澹哉、程俊英、林求源、覃英(王鲁彦夫人)等老师来校任教。他们有的是大学教授,有的是文坛名人,有的是有丰富教学经验的老教师。他们都博学多才,又具有崇高的师德。他们在教学上一丝不苟,诲人不倦,都深得学生的爱戴。"我的估计,黄先生大概是大学教授了。这本书,简直就是"未来学"的百科全书。作者站在20世纪30年代，对"将来的世界"一一作了预测与点评。而且，作者不是从科学幻想的角度，而是从社会学的角度，对将来的城市、教育、政府、法律、战争、宗教等进行了预想。由于其预想的"将来"不是很远，所以，读来没有惊奇之感，倒是觉得作者是借"将来"，批判其置身的世界。不过，有的地方，其幻想有的是实现了，比如，"空中加油机"，有的预测让人觉得不可思议。他觉得"将来的男女，大头颅，不文雅的身体，再加上机械的辅助物，简直就是怪物"。看来，今天骑自行车、驾驶汽车这些"机械的辅助物"的人，都是"怪物"了。此外，站在20世纪30年代的英国，他认为倘若将来的交通工具能够一天之内到达中国，就不会认为中国人是"刁滑之人"，也不会认为美国人是"强盗"了。看来，在大英帝国子民的眼里，其他国家的人，都是"蛮夷"了。这与中国当年自认为是"中央之国"，有异曲同工之妙。

预测毕竟是预测。人类只要存在一天，对未来的预测就不会停止。我不知道一百年后，会不会有人看到我的文章，然后，找到《将来的世界》一书，悲哀地说，对不起，我们虽然是你说的怪物，但是，头颅不是大了，而是小了，就像你们曾经看到过的蜻蜓。因为时代发展太快了，人类的竞争也太激烈了，大脑袋不利于前进，只有削尖脑袋，让整个身体成为流线型，尤其是脑袋,像尖锐的针尖一样,才利于前进,更利于钻营。

哇!对不起,我也情不自禁地开始预测了。

一笑。

偶然之花

淘书的乐趣,其实就在于偶然。得也好,失也罢,其实都在于偶然之间。

几年前,我到浙江讲课。中午,路过绍兴,自然就去了咸亨酒店。问候了站在门口的孔乙己,(不知怎么的,觉得这个落魄的先生,比肯德基门口的洋胖子,亲切许多。)品了绍兴的黄酒,微醺之间,便拿了相机,去老街闲逛。路过一家烧饼店,无意中,瞥见柜台上有一摞旧书,老板正撕着那旧书,包烧饼。撕书的声音,哧的一声,非常低微,但我的心却像被针尖刺了一下似的,有疼的感觉。便走了过去,看那旧书。

这一看,我就呆住了。

烧饼旁,正等着被撕的,是上海的著名儿童文学作家任大霖、任大星先生的书,而且是上海少年儿童出版社20世纪50年代的版本。任大霖、任大星两位先生是亲兄弟,都写儿童文学,都在上海少儿社工作,都是我的老师;大霖先生生前还担任过少儿社的社长,他的公子任哥舒长期在《少年文艺》当编辑，是我很好的朋友。他们50年代出版的书籍，是很珍贵的。倘若被撕了包烧饼，真是太可惜了。

我便喊了老板。

老板以为我要买烧饼，走了过来。

我说，不要你的烧饼，要这些书。

老板愣住了，呆呆地望着我，以为我的脑子进了水。

你买这些纸啊？那我拿什么包烧饼嘛？

包烧饼的纸到处都有嘛，这不是纸，是书嘛！

老板好半天才缓过劲来。噢，那你给多少钱嘛？

你要多少钱嘛？

他伸出五个手指。

我以为是50元，正在掏钱，他瞪大眼睛说："5元！"

噢！我马上给了他10元钱。

他看了看票子，指着堂屋的墙角说："那里还有一些书，你要嘛，就都拿走。"

我立即冲进堂屋，在墙角蹲了下来。果然有一摞旧书，有民国年间的儿童读物，也有50年代的文学书籍。这些，都是准备包烧饼的。

我问老板，怎么卖？

老板说，你要喜欢，就都拿走，你的钱，我就不找(零钱)了。

就这样，我在鲁迅的故乡，用10元钱，买了一摞准备用来包烧饼的旧书。

2013年4月，我在上海淘到了林纾翻译的《块肉余生述》。淘书的经过，我在《烟云安在》中曾经说过。无独有偶，仅仅两个小时后，我冒雨寻访瑞金二路的新文化服务社，居然在书架上淘到了另一种翻译版本的《大卫·科波菲尔》。此版为董秋斯先生翻译，三联书店1950年5月第一版。董秋斯先生是我国的著名翻译家，年轻的时候，参加过北伐。1929年，结识了美国女作家史沫特莱，并陪她会见了鲁迅先生。当年10月，为揭露日本侵略中国的野心，董秋斯在《世界月刊》上首次将日本首相田中义一呈给天皇的秘密奏议《田中奏议》公布于世。田中妄想灭亡中国、独霸亚洲、征服世界的野心计划被披露后，在海内外引起了极大的震动。后来，在左联主编《国际》月刊期间，翻译了前苏联作家革拉特珂夫的长篇小说《士敏土》，鲁迅先生为此书作序，并将自己珍藏的德国革命画家梅斐尔德的十幅版画复印，作为书中的插图。《大卫·科波菲尔》是他1947年翻译出版的，除此以外，他还翻译了托尔斯泰的《战争与和平》，均引起很大反响。

我拿到的这一本，厚厚的，仔细看，发现是上册，便问，有下册吗？服务社的先生马上回答，有的。不一会，就找出了下册。咦，这个下册好像版本不一样啊？再仔细一看，原来这本下册，居然是董秋斯先生翻译的《大卫·科波菲尔》的初版本！也就是说，是骆驼书店民国三十六年六月(1947年)的初版本，印数只有一千五百册。在此书的扉页上，还盖有骆驼书店的印章。这两个不同出版社、不同版本的上下册，被后来的收藏者，比如说某图书室，从1951年起，就配在了一起。扉页上的印章显示的是："上海师范大学图书室藏书章。"

就在同一天，就在上海，我一下淘到了狄更斯的《大卫·科波菲尔》的三个版本：从清末民初，一直到新中国成立之初。偶然之间，我便收藏了一本外国名著在中国翻译出版的轨迹与实证。

上海是民国期间鸳鸯蝴蝶派文人的大本营。穿行在上海的老街弄堂里，情不自禁就想起了宜昌的张永久先生的新著：《摩登已成往事：鸳鸯蝴蝶派文人浮世绘》。永久以诗名世，中年后，转向历史钩沉，著作颇丰，而我最喜欢的，便是这本"浮世绘"。其中印象最深的，是鸳鸯蝴蝶派的代表人物徐枕亚。

徐枕亚在无锡一乡绅家担任塾师老师的时候，曾与一年轻的寡妇有过一段恋情。后来，据此创作了骈体长篇小说《玉梨魂》，情节曲折，哀艳动人，一时风行海内外，一鸣惊人。因《玉梨魂》太受欢迎，徐枕亚遂将其改为日记体，取名《雪鸿泪史》。

《雪鸿泪史》为中国小说史上第一篇日记体艳情小说，是公认的鸳鸯蝴蝶派小说最著名的代表作，在小

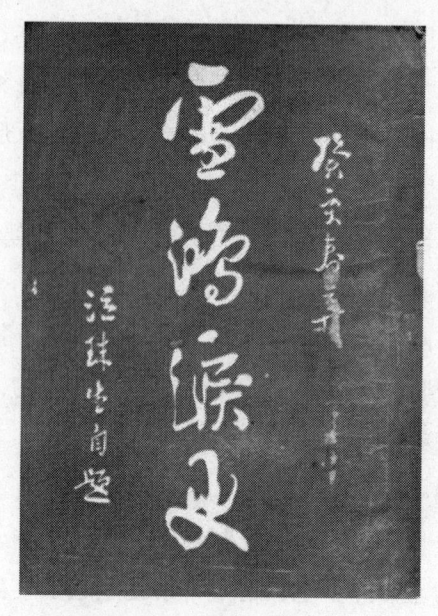

《雪鸿泪史》书影

说形式的发展上有重要地位。这部作品的成功,徐枕亚的继室刘氏功不可没。刘氏可不是一般人家的女儿,她是清代最后一科状元刘春霖的千金。刘氏在北京的深闺中读到《玉梨魂》,极慕徐之文采,得知他妻子病亡不久,竟托父亲的朋友作媒,下嫁徐为继室。徐枕亚做了状元公的女婿后,伉俪情深,红袖添香,情思喷涌,写成《玉梨魂》之续本《雪鸿泪史》。

遗憾的是,徐枕亚的母亲是个古板凶暴的婆婆,经常虐待刘氏,徐枕亚常年在上海工作,无法调和婆媳关系，致使刘氏郁郁而死。从此，徐枕亚借酒浇愁，不再写作。1934 年，上海民兴舞台排演《玉梨魂》，徐枕亚观后，含泪题诗："不是著书空造孽，误人误己自疑猜，忽然再见如花影，泪眼双枯不敢开。"

未曾想到，这次在上海淘书，竟然淘到了徐枕亚的《雪鸿泪史》，而且，是大通书局民国二十年一月（1931 年）的初版本，品相上佳，异常珍贵。徐枕亚写有自序，后有其兄徐天啸等十人写了十篇序言，又有二十余人题诗，集体捧场；甚至有人对其书逐章评点，这些评点也一一放在书前，如同导读。以如此华丽形式的出版，我还是第一次见到。回汉后，每每翻阅，眼前就会浮现许许多多的故事。

嗟乎！淘书之乐，便在这偶然之遇也。偶然之花，其实是生长在必然之蔓上的。偶遇，缘也；其后的故事，那就不知道了。

定海龙鳞

我去舟山群岛，除了想去海天佛国拜观音菩萨，最想去的，就是定海古城了。多年前，我在网络上读到了那场万众瞩目的"定海古城保卫战"，便震惊好奇，想去定海看一看。今年，重返舟山讲学，主人的安排中，正好就有定海。

最早让人关注定海，自然是鸦片战争了。第一次鸦片战争期间，定海是仅次于虎门的第二战场，发生过两次大的血战。在英军攻占定海城的最后时刻，定海守军浴血奋战，在惨烈的巷战中，葛云飞、王锡明、郑国鸿三位总兵在同一天内壮烈牺牲。城破之日，县令姚怀详愤然投水自尽。定海留给历史的，是一座反抗侵略的英雄城市。但作为一座历史悠久的美丽的古城，其广为人知的时刻，均是古城遭受破坏毁灭的时候。当年英国侵略者攻入定海古城后，一个叫爱德华的随军医生对这座美丽的城市赞叹不已："天哪！简直是一个花园。"他把定海古城美丽的街巷在日记中描绘下来，然后，在全世界传播开来。

一座古城的美，居然是由侵略者来传播的，这是历史的荒诞，也是古城的悲哀。

再次关注定海，便是全国瞩目的"定海古城保卫战"了。

定海，这座历史悠久、古迹众多的的千年古城，也是中国唯一的海岛文化名城。古城内曾经完整地保存着明清时期的历史街区，散布着许多年代久远的古迹。其中，西大街、中大街是晚清著名的商业大街，沿街均是上下二层、木制结构、建有封火墙的商铺，一层雕花排门，二层檐廊，可俯瞰繁华街市。而那些蛛网般的小巷弄堂，隐藏着许许多多晚清的深宅大院，那些造型奇特的故居宅室，那些斗拱、大门、厅堂、门窗、藻井，都独具特色，每一座大院都是一个独特的博物馆。但就是这样一座国家法定的历史文化古城，却以"旧城改造"的名义轰轰烈烈地拆毁了。

是的。这些年来，中国大地上几乎天天都在上演拆毁旧城的活剧。但是，只有定海的老百姓第一次为了保护古城，竟然将当地政府告上了法庭！

然后，中央电视台、许多中央大报，及时报道了这场古城保卫战，敦促当地政府放弃拆毁法定古城。

就在老百姓奋起护城的同时，全国历史文化名城专家委员会的专家们在北京呼应声援，并一致通过决议，要求浙江省舟山市立即停止拆迁，发出了"刀下留城"的呐喊。随即,建设部、国家文物局亦联合发文,"责令舟山市立即停止"拆迁。浙江省人大常委会批准通过了《浙江省历史文化名城保护条例》,给濒于毁灭的历史名城提供了一个法律的保护屏障。

全国这么多的市民、专家、媒体,以及浙江本地的立法机构为保护定海古城而呐喊呼吁,当地百姓称之为"第二次定海保卫战"。

但我好奇的是,如此声势浩大的从中央到地方的呐喊呼吁下文决议,居然在一个小小的舟山统统失效。老百姓的诉讼自然败诉。定海古城就在全国人民的眼皮子下被明目张胆地拆毁了。

这场博弈最后的结果,是象征性地留下了几条商业街。

于是,当我走在青石板铺就的明清时代的商业街上,心里是五味杂陈的。我痛心的,自然是古城的被毁;而我更为痛心的,是汉口曾经也有这样的商业街——汉正街,最后被拆。现在,定海好歹还留下了一点点当年的街区,权作念想,而我的家乡汉正街,历史的街区早就灰飞烟灭,剩下的一丁点青石板路,也面临着拆毁的命运。

到了古城老街,自然就想淘旧书。一见古玩店,就问有旧书否?一家古玩店老板摸出一本民国时期的尺牍,残破,无封面与版权页,居然开价400元。一笑而过。而另一家古玩店,则给了我古城的念想。从一大摞旧书中，我挑出了几本：《复兴国语教科书》初小第五册，民国二十六年七月（1937年）教育部初审核定本，商务印书馆发行；清代的《最新精校珠算课本》、《中等新论说文范》。最令我惊喜的，是淘到了《高等小学论说文范》之卷二、卷三、卷四，上海会文堂书局民国纪元前一年四月（1910年）出版，我收藏的是中华民国九年二月（1920年）的修正版。前年，我曾在浙江诸暨淘到该书的第一卷，想不到这次刚好补齐了后面的三卷，仿佛天助我也。该书的著述者，是山阴邵伯棠。我曾在《西施检漏》一文中略加介绍："这样一套小小的高等小学的作文教科书，当年居然引起了中日之间的外交风波，《高等小学论说文范》被袁世凯查禁，成为禁书，存世不多。许多收藏家苦苦寻觅而不得，却被我在不经意间而得之，真乃皇天厚我也。"

邵伯棠是一位有爱国情怀的饱学之士，长期在上海会文堂书局做编辑。在《高等小学论说文范》的扉页上，明确宣告："发爱国之思想，播良善之种子"。该书出版于清宣统三年，一经问世，洛阳纸贵。1914年9月13日，东京《日日新闻》发文抗议，随后，日本驻华公使又发来公文，声称该书"鼓吹排日思想"。10月2日，袁世凯以总统名义，颁布禁令："严行查禁"。

那么，令日本人愤愤然的是什么样的文字呢？仔

《复兴国语教科书》书影

细看来,原来是"愤日人并吞朝鲜之野心勃勃","今又欲垄断满蒙矣"。"异时为中国之祸首者,日本也。为亡中国之导线者,东三省也。"作者在1911年就一针见血地道出了日本当年的狼子野心,难怪日本人看了,立刻气急败坏,欲禁之而后快。

定海古城不仅是清朝抗英战场,也是明朝抗倭重镇。当年,戚继光就在此指挥抗倭,写下了许多壮丽的诗篇:"南北驱驰报主情,江花边月笑平生。一年三百六十日,多是横戈马上行。"这首《马上作》便生动展现了戚继光驰骋疆场、精忠报国的耿耿丹心。今天,古城虽毁,但风骨犹存。这几册薄薄的旧书,便是古城仰天长啸的几片龙鳞呢。

深圳嫁书

说一个有趣的现象,不知你发现没有?玩收藏的,几乎都是纯爷们,很少听说有女性收藏家。也许女性的收藏,是藏而不露吧?譬如菲律宾前总统马科斯的夫人伊梅尔达,就收藏有三千多双鞋子。在她奢华的马拉卡南宫里,还有尚未使用的二千件舞会礼服、五百件内衣,还有许多世界上最昂贵的大瓶香水。当然,珠宝与首饰以及钱财,是女性收藏的重点,马科斯夫人就有一个大保险箱,里面就收藏了几十个珠宝箱子。

也难怪,这样的"收藏",只能是自己偷着乐的。

偷着乐也好,众乐乐也好,收藏其实就是人生的愉悦,或者说,是人的天性。不管你收藏的是什么东西,你都拥有一种儿童的游戏心态,嗯,我手里握着的宝贝,你没有呢。

我小的时候,收藏过糖纸、邮票,年轻好酒时,收藏过一阵酒瓶子,但毕生的最爱,仍然是书。

休息时,唯一的念想,就是逛书店了。民谚云:

上车睡觉,下车看庙,说的是现在的旅游。这么多年,出门在外,我最惦记的,就是到当地的书店去朝拜朝拜。有时候,会淘到一些意想不到的好书;更多的时候,买一本心仪的小书,盖上新华书店的章,算是了却一桩心愿。

《放逐诸神》书影

我收藏旧书的时候,已是人到中年了。感慨人生苦短,每每淘到那些曾经在别人生命中留下痕迹的旧书,就好像接过了一支生命的火把,在生命的旅程中奔跑,然后,渴望将火把交给下一个接力者。

我的收藏，开始是随性随缘的。每到双休日，便去武汉的几个古玩市场、武汉大学门前的旧书店，去淘书，淘到什么是什么。自打有了"孔夫子旧书网"，我的主战场，就转移网上竞拍了。那么多的网上旧书店，那么多的旧书，古代线装的、民国的、"文革"的，有图片、有介绍，有竞拍的起始时间，你完全可以按图索骥，反复挑选，瞄准自己喜欢的书籍，投入竞拍。有一段时间，我几乎完全迷进去了，晚上什么事情都不做，一门心思地盯在网上，生怕自己中意的书籍，会在最后一秒钟，被虎视眈眈的书友突然拍走。

香港的神州旧书店，就是我喜欢的一个旧书店。

我喜欢，首先是许多书家学者的介绍，如上海学人陈子善、藏书家韦泱、香港书话家黄俊东等。然后，就是网上的交流了。我曾在神州拍到张天翼的《善举》，严辰的《生命的春天》，钱杏邨（阿英）编的《语体日记文作法》，海默的《弃暗投明》，鲁藜的《星的歌》等，有的是民国时期出版的，大部分是解放初期的版本，现在也很珍贵了。店主欧阳文利先生，特别彬彬有礼，每次网上函件往来，都客气问候，还邀请到香港书店去淘书："谢谢董先生！如知会小弟您来临的具体日子，定当恭候先生光临。"

这位"小弟"，其实是位慈祥的白发老者。

于是，就渴望着有一天，真的去叩响欧阳先生的书门。

2013年6月,赴广东讲学,便酝酿去香港淘书了。终于到了深圳,时间非常紧迫。于是赶紧给香港的朋友陈君夫妇打电话,询问去神州旧书店的具体路线。陈君夫妇早年从大陆赴港教书,先生是大学中文系的教授,夫人是大学普通话教师、儿童文学作家。他们给了我详细的答复后,便问我如此匆匆忙忙地赴港,究竟要买什么书?

我说,只是想去随意逛逛,了却心愿而已。

陈君说,董先生如果是想淘旧书,我刚好有一批旧书,可以任你淘。

陈君说,他也酷爱藏书。几十年下来,香港的家里书太多了,便到深圳买了一套房子,专门藏书。现在他退休了,眼睛也看不清书了,深圳的房子长期无人居住,有人愿意购房,于是,便将房出售了。大量的藏书,自己挑选了一部分,其余的,只好请朋友们来选取。

陈君说,明天是交房的最后一天了,家里还有百余本书,正发愁不知怎么处理呢。

噢,怎么这么巧呢?看来我是和这批书有缘了。也许是孔夫子冥冥之中要我打电话给他,从而接过这批书了。

陈君的书房面对青山,风景优美。我来不及喝水,直扑墙边的书堆,好书真不少!看来这批书是陈君研究当代文学与情爱文学的专业用书。其中,最有味道的,是刘再复先生和他的女儿刘剑梅在海外出版的书籍，有的还是刘再复先生的签名本。陈君说，他和刘再复先生是同学，这些书，他还有一套，已经收藏起来了。

陈君找出一摞纸箱，不停地向我介绍推荐他的藏书。这本是好书，你拿去吧。喏，这本也不错的。他一边介绍，一边感伤地说，我买房，就是为了供书的呀。供书啊，当菩萨一样供起来嘛。

同行的作家邓一光感动了，立即给深圳的朋友打电话，说，这些书我们都要了！马上开车来，全部运走！一本不留！

我一点也不客气，足足挑了三大纸箱。陈君说，这么多的书，你带走不方便的。我们请个快递公司来，给你全部快递运到家去吧。

他们如此殷殷相赠，好像是在嫁姑娘一般，千言万语，都含在与"当菩萨一样供起来"的藏书的依依惜别之中。

陈君的书房已空，顶天的书橱也已空空。据说，新的主人很高兴，说有这么多的"鞋柜"，今后不愁没有地方放鞋了。也许，新主人像伊梅尔达一样，也是个鞋子的收藏者？那么，陈君的书橱也就有了新的宿命。

是啊，多么好多么气派的鞋柜呀。

方所一品

正是丹桂飘香的季节。书友们听说我要去广州，几乎众口一词，要我去方所看看。方所？是书店吗？有的说是。有的说，不完全是。有出版社的朋友相邀，说是在方所喝咖啡，正好可以解我淘书之馋，于是欣然前往。

时近中午，阳光灿烂。这个方所居然开设在广州最高端最豪华的购物中心太古汇商场里，与路易威登、爱玛仕、香奈儿为邻，而且占地竟然有一千八百平米。当然，书店只是其中的一部分，其余的空间，被巧妙地分成了咖啡区、展览空间与服饰时尚区，粗略看去，感觉上，是时装品牌"例外"和台湾"诚品书店"的有机结合。朋友已经来了，为我点了顶级的蓝山，但我已经迫不及待了，说了声"抱歉"，就跑去浏览图书了。

书籍果然有特色，而且数量惊人，主要是人文、艺术、设计、建筑类的书籍，那些精挑细选的文艺图书，令我目不暇接。穿行在顶天立地的书墙之间，我知道了方所书店最大的亮点，是其港台繁体版图书特别的丰富，据说，有四万余种，其次是近万种外文书籍，以及部分内地的出版物。我像一个采蘑菇的小孩子，突然来到长满蘑菇的森林里，满眼都是宝贝，不知道怎么采才好。因为每一本书，我都有阅读的欲望，这样的书店，就像一间私人的图书馆，所有的书品，都是主人从世界各地精挑细选而来。而且，这个挑书人的口味，绝对和我是一样的。当朋友再次请我去喝咖啡的时候，我才发现，我挑了将近40分钟，竟然只走了三个书架。

于是，便听说了方所的故事。

方所的创始人之一，是例外服饰的董事长毛继鸿，他的夫人，便是著名的服装设计师马可。毛继鸿的主要合作顾问，是台湾图书经营出版界的元老级人物廖美立。廖美立是台湾诚品的创始人，曾在诚品书店工作了二十年。方所现任的运营总监谭白绢，也曾是诚品的主力军，她虽然在诚品只工作了四年半，却运营过四家诚品书店，此外，还曾在法国的法雅客书店、英国的连锁影城、新加坡的大众书局工作过。负责方所图书采购业务的顾问罗玫玲，曾是台湾诚品信义店的经理。这样一支诚品团队，自然将诚品的"书店百货"的复合经营模式带给了方所。因此，廖美立才反复强调说："我们做的不是书店，而是一个文化平台，一种未来的生活形态。"而谭白绢则将方所定位为"城市人的生活美学空间"。

难怪有的朋友说方所是书店,有的说不完全是。

至于"方所"这个名称,出自南朝梁人萧统的《令旨解法身义》:"若定是金钢,即为名相;定是常住,便成方所。"这里说的"方所",其实就是"范围"。这样看来,用方所作为这个"文化平台"与"城市人的生活美学空间",真的是蛮合适的。

我曾去过台湾的诚品书店,当然是在台北。结束了所有的参观活动,回到宾馆,已经是晚上11点钟了。第二天就要启程离开台北,我便与几位书友,打车去了诚品的敦南店。时近午夜,通宵营业的诚品书店中,顾客满满。不仅书架前站满了人,就连地下,台阶上,也坐满了人。来看书的人中,有许多是年轻的情侣,一个男生,一个女生,坐在地上,手里拿着书,两两相依相偎,静静地翻看。看来,诚品不仅是爱书人的天堂,同时,也是爱书的情侣们的天堂呢。诚品书店深夜满店的年轻情侣雕塑般看书的群像,给我留下了深刻的印象。

既然到了诚品,书肯定是要买的。只是还要环岛旅行,不能多带,便买了哈金的《战废品》等几本书。《战废品》在大陆直译为《战争垃圾》,写的是中国志愿军在朝鲜战场上的战俘的命运。这些年来,有关志愿军战俘命运的作品陆续出现,而哈金的这部长篇,则延续了美国反战小说的传统,从人道主义出发,以悲悯情怀，关注战争中的生命形态，包括战争给人的身体、精神、灵魂所带来的创伤，包括人在战争的撕裂中求生的欲望，读来令人喘不过气。哈金的作品，我曾读过他的长篇小说《等待》，去年到美国访问，在新泽西，遇到武汉的诗人高伐林和他的妻子季思聪，谈起哈金，季思聪恰好是哈金《战废品》的翻译者。哈金的另外一部长篇小说《南京安魂曲》，也是季思聪翻译的。这样厚重的关系到一个民族的生存与命运的题材，不知怎么的，总是得到海外华裔作家的重视与关注。而我们国内的文艺热点，似乎沉浸在《泰囧》与《小时代》的搞笑与浮华中，以及《甄嬛传》的勾心斗角中。那些血与泪的历史记忆，似乎在歌舞升平中，淡化如烟了。

那天晚上，我如愿以偿地参观了普林斯顿大学的东亚图书馆。临走的时候，思聪签名送了我一本哈金的《南京安魂曲》。如今，这本书就摆在我的书桌上。每当我看看它，我的灵魂就安静不下来。

由于时间太紧，方所的重头戏服饰产品来不及欣赏了。据说，例外除了主打多年的女装之外，例外的中国首间男装店就藏在这里，货品不多，价格均在六七千元左右。而方所的咖啡，非常抱歉，我只品了小小的一口，虽然一杯蓝山价格在一百元以上，我实在是太想看书了。我还谋划着，什么时候去广州，再去方所看看，仍然要抱歉的是，我不是为了咖啡，也不是为了例外的服装,而是为了我喜爱的书。

  但愿方所不让我失望,希望它不会淹没在奢侈品的海洋之中。

南国书香

准备去广州参加南国书香节,就谋划着去寻访旧书了。拜托了广州的朋友,帮我打探哪些地方可以淘到旧书。朋友们告诉我,旧书嘛,古籍书店应该有吧?

到达广州的那天,正遇到大雷暴。进城的途中,远远地就看见天边乌云翻滚,转眼间,就黑了天。暴雨刹那间倾盆而下,好一个壮观!朋友笑曰:贵人到,动风雨啊!

南国书香节设在广州商品交易会的大型展馆里。全国各地的出版社汇聚一馆,摆摊设点,好戏连台,令人目不暇接。我心里惦记着去淘旧书,打电话朋友,朋友说,古籍书店就在会场上啊,他们的旧书也都搬去啦。

啊哈!原来一直惦记的"二八佳人",就在自己的身边啊。于是,就迫不及待地寻了过去。果然,古香古色的展区,摆了许多二手书。线装书也有的,锁在了玻璃柜子里,纯粹成了展品。问及民国版本或新中国成立初期的旧书，工作人员指着书架上方的几摞旧书说，有一些签名本，自己看看吧。

踮起脚尖，伸手就拿了一摞。翻开看看，果然是签名本！都是诗人送给广东军旅诗人韩笑的！

赶忙踮脚再取，又翻出不少签名本，也是许多诗人送给军旅诗人向明的。这些签名本，古籍书店都标有价格，每本50元。我将书架顶端的旧书全部翻了一遍，确认再无遗珠之憾，便将这些签名本全部买下了。

嗨！这真是："踏破铁鞋无觅处，得来全不费工夫"啊。

韩笑是全国闻名的军旅诗人，曾任广州军区政治部文化部副部长。他还有一个雅号"长跑诗人"，每天清晨坚持长跑。韩笑1994年就去世了。这些书籍，恐怕就是他去世后流散出来的吧？

赠送给韩笑的书籍有：沈仁康的小说集《爱情圆舞曲》，赠书日期为"1986.3"。沈仁康是广东的老作家了，曾任《作品》的副主编，也是文坛的多面手。

肖玉的长篇小说《大风口》，肖玉，原名于忠福，山东文登人。1940年参加八路军，曾任广州军区政治部创作组组长，广东省作协第一、二届副主席。长篇小说《大风口》曾获《解放军文艺》优秀长篇奖，广东省鲁迅文艺奖。

李元洛的《李元洛文学评论选》，赠书日期为"1985年3月于长沙"。李元洛先生是著名的评论家，尤其擅长于诗歌评论。我曾多次见过先生，印象最深的一次，是在母校华中师范大学，那次请了台湾的诗人余光中先生。晚宴时，我的老师黄曼君先生急匆匆告诉我，今天是余光中先生七十寿辰，要我赶快准备几个节目，亲自主持，为先生祝寿。我立即与同学们商量，现场组织即兴节目，其中，就请了李元洛先生朗诵余光中先生的《乡愁》。那天晚上，余光中先生和夫人很高兴，以为是专门为他准备的节目。

向明先生也是著名的军旅诗人，原名杨济川，重庆丰都人。1949年参加解放军，历任广州军区政治部文艺创作员，著有诗集《珍珠曲》、《蓝水晶》、《红宝石》等。这次淘到的签名本中，赠送给向明的书较多，大多是诗集，其中有：刘章的《北山恋》，扉页盖有刘章的印章，时间是"乙丑秋"。刘章是河北著名的农民诗人，在1999年中国作协《诗刊》社举办的新中国成立五十年来，"你最喜爱的五十位诗人"评选中，郭小川、刘章获读者投票众多，双双获此殊荣。《北山恋》是他的名篇，曾获全国优秀青年诗人优秀作品奖。

黄淮的《人之诗》，赠书时间，是"龙年秋"。黄淮不仅是一位著名诗人，还是一位诗歌编辑家和诗歌活动家，曾任吉林省文联《长春》月刊、《作家》月刊诗歌编辑。1984年，与诗友共同创办《诗人》月刊，这也是全国第一家自负盈亏的诗刊。

木斧的《木斧诗集》，赠书时间，是1988年10月，签名并盖章。木斧,作家,诗人,原名杨莆,回族,四川成都人,历任《指向》诗刊主编四川文艺出版社副总编辑。《木斧诗选》曾获第三届全国少数民族文学创作优秀奖。

师日新的《红柳之歌》,赠书时间,是1980年。师日新,笔名师愚,河北石家庄人,1948年参加解放军,历任新华社甘肃分社记者,《红旗手》、《甘肃文艺》、《飞天》编辑,副编审。诗集《红柳之歌》获甘肃省文艺创作二等奖。

易和元的《蒺藜集》,这本书与池北偶、刘征合著,三位都是当时著名的讽刺诗人,都是政治讽刺诗、打油诗的高手。

石祥的《骆驼草》,赠书时间是1981年夏。说起石祥,中老年读者大概不会陌生,他是著名的军旅诗人、词作者,《打靶歌》、《老房东查铺》、尤其是《十五的月亮》,都是八十年代脍炙人口的流行歌曲。石祥长期担任北京军区战友歌舞团专业创作员、政治部文艺创作室主任,他写的歌词,短小明快、朗朗上口,具有浓郁的生活气息。1984年,他去某部深入生活时,一位干部提出让他写写军人的妻子,这正与他多年的夙愿吻合,于是他激情迸发,只用了10分钟时间,便写就了《十五的月亮》。

饶庆年的《T·D的情人》,赠书时间是1990年3月。饶庆年是我的老乡,20世纪80年代,在我的家乡咸宁蒲圻纺织厂当老师，经常组织大型诗会，以其清新、美丽、纯朴、洋溢着浓厚的乡土气息的乡土诗，脱颖而出，被称为当代中国乡土诗歌最具代表性的诗人之一。他的诗集《山雀子衔来的江南》曾获1983年《诗刊》优秀作品奖。2008年央视新年新诗会的开篇，杨柳和方琼朗读的即是《山雀子衔来的江南》：

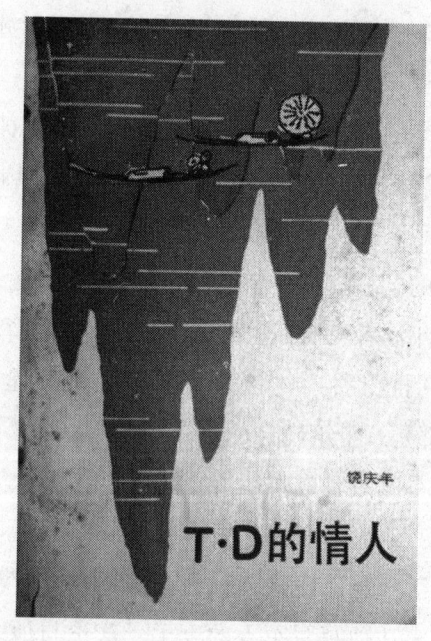

《T·D的情人》书影

　　山雀子噪醒的江南，一抹雨烟
　　到处是布谷的清亮，黄鹂的婉转，竹鸡的

缠绵
看夜的猎手回了，柳笛儿在晨风中轻颤
孩子踏着睡意出牧，露珠绊响了水牛的铃铛
扛犁的老哥子们，粗声地吆喝着问候
担水的村姑，小曲儿洒一路淡淡的喜欢

这么优秀的诗人，后来就忙着下海经商了。钱是赚了一些，可是身患绝症。他去世前的那几年，就住在汉口，离我家不远的地方。我经常会在路上碰到他，他总是急匆匆的，一脸疲惫。他离开这个世界时才四十九岁！前些年，诗人田禾曾经组织全国的乡土诗研讨会，专程请诗人们到饶庆年的老家为他扫墓。那是春天，正是山雀子噪醒的江南，一抹雨烟。我们沿着弯弯的田埂，走上一个青草覆盖的山坡。饶庆年，就长眠在家乡的水田旁，长眠在江南的烟雨中。

现在，这些诗人作家之间相互赠送的书籍，流散了出来，与我相遇了，这是书与诗的缘分，也是书与人的缘分。因为，我也淘到了一本诗集《红太阳颂》，人民文学出版社1977年9月第一版，诗集中，收录了我的短诗：《大江，在窗前奔流》，那是我在华中师范大学中文系读书时写的，那时我的身份就是"青年诗人"。

在这个"非诗"的时代，这些旧书提醒了我：青春虽逝，诗歌长青。

岁月如刀

到京城淘旧书,自然会想到琉璃厂。从清朝到民国,那是读书人淘旧书的圣地,如同东京的神田旧书区。但我知道,如今的琉璃厂,全是书画古董店。要淘旧书,只有中国书店一家,且是国营书店。到达北京那天,天气晴好,风大霾少,便趁兴去逛琉璃厂。不图淘到心仪的旧书,只想去会会久别的故人。

故人仍在故地。只是重新打理了,特别清雅,远远望去,仍然是南新华街一道亮丽的文化景观。过了天桥,走进南厅,放眼全是新书,应和着琉璃厂的书画古董,南厅主售各种美术画集、美术考古、技法、碑帖、篆刻、鉴赏等书籍。瞟了一眼,便去了北厅。

北厅也主售新书,如文学、历史、哲学、民俗、语言文字、现当代文学作品、古典名著等及新印古籍、民族史志、地方文献、历史典籍等。尚有一厅,陈列了旧书。逡巡一圈,便深深叹气:一厅的旧书,均为20世纪80年代后的书籍,偶有五六十年代的作品。倘若在武汉的任何一家旧书店，这些书籍，恐怕只会几块钱一本的甩卖。但是，只要进了中国书店，就像刘姥姥进了大观园，身价倍增。我走来走去，总不甘心，为留念想，勉强挑了几本旧书。

《海底两万里》第一部，法国儒勒·凡尔纳的科幻作品，中青社1961年版，破烂、无版权页和封底。儒勒·凡尔纳的科幻作品，是我中学时代的最爱。忘不了在学校图书室里，渴望一下子读完他所有作品的心情。"文革"兴起，学校停课，老师鸟散，学生各种组织占据教室、办公室，安营扎寨。有一天，听说学校图书室被砸了，且遭火灾。我家就在附近，见浓烟升起，便奋不顾身，跑去救火。火扑灭了，图书室也被毁了，被焚毁的纸屑，如黑色的蝙蝠，漫天飞舞。就在水淋淋的图书室，我看见地上有残破的《海底两万里》，已被踩得脚印斑斑。我便捡了回去，珍藏了很久，直到下乡后，我妈妈将我藏的书籍统统卖掉，给我买了御寒的厚袜子。

这次又见《海底两万里》。书很普通，记忆却难忘。

《鲁迅诗歌注释》，首都红代会新北大井冈山兵团大批判办公室编印。后记所注时间，是1967年11月。"文革"中，毛主席语录，林副统帅语录，还有鲁迅的诗文语录，以及马恩列斯的语录，都是人人必备的宝书、利器，当然，更是护身符。那个时候，没有手机，没有网络，信息的传播，仍然靠最原始的信使。记得是1966年的夏天，江城正热。突然听说北京来了大学生,有重要消息传达。我那时是学校的学生会主席,闻讯连夜过江,赶到武昌红楼。闷热的夏夜,没有电扇,一楼大厅挤满了淌着臭汗的人群,就在这个辛亥革命时期的总督府,气氛紧张而兴奋,如同首义前夕。这时,一个北京来的大学生,站到了台上,用激动而悲愤的语言吼叫起来:"同志们!革命战友们!有人要谋害毛主席!"

《鲁迅诗歌注释》书影

闷热的大厅,空气几乎窒息。大学生悲愤地告诉大家，北京出了野心家！将地道挖到毛主席的身边了！而且，埋了定时炸弹！

这是多么具有爆炸性的"新闻"啊！大厅里顿时一片哭声。然后，是火山爆发似的口号声。没有人怀疑这消息的真实性与准确性，因为传达的人，是北京来的大学生。

事后我们才知道，此事是因了毛主席的一则批示而演绎成荒诞的闹剧。毛主席在关于中共中央1966年5月16日的《通知》上有一段批示："混进党里、政府里、军队里和各种文化界的资产阶级代表人物，是一批反革命的修正主义分子，一旦时机成熟，他们就要夺取政权，由无产阶级专政变成资产阶级专政。这些人物，有的被我们识破了，有些则还没有被识破，有些正在受到我们信任，被培养成我们的接班人，例如赫鲁晓夫那样的人物，他们正睡在我们身旁，各级党委必须充分注意这一点。"不久我们就知道了，这个中国的"赫鲁晓夫"，指的就是国家主席刘少奇。

多年后，当我回忆起那个荒诞的夜晚，作家何帆笑着说，那天晚上，他也在现场。一晃眼，何帆离开这个世界十五年了。往事如烟，但是，这些当年的书籍却实实在在的存在着，无声地珍藏着许许多多的故事。

《阿尔巴尼亚歌曲集》，音乐出版社1961年12月第一版。《朝鲜歌曲选》，音乐出版社1964年5月第一版。这些歌曲，连同后来的语录歌，浸透了我们的少年时代。《游击队之鹰》、《含苞欲放的花》，一直是我最喜爱的歌曲之一。有意思的是，我突然在《朝鲜歌曲选》的旁边，发现了诗人未央的诗集《祖国，我回来了》，居然是湖北人民出版社 1954 年 12 月的初版！当年，未央从抗美援朝的战场归来，这首诗曾经打动过多少人的心啊！

  车过鸭绿江，
  好像飞一样。
  祖国，我回来了，
  祖国，我的亲娘！

  未央的这首诗，是抗美援朝文学中的名篇。他幸运地回来了，还曾在中国作协武汉分会工作过，后来回到家乡湖南。然而他的许多战友，却永远长眠在鸭绿江那边。上大学的时候，我们曾到部队军训。我所在的部队，就是邱少云烈士的连队。我曾经在军训中创作过《邱少云组歌》。这些年轻的生命永远也不知道后来的故事了。但是，他们的许多战友现在还健在。他们知道，许许多多后来的故事。
  去了一趟琉璃厂，没有淘到民国旧书，淘到许多新中国的旧书。过去的岁月一去不复返了，但过去的旧梦，有可能以形形色色的方式，在这个世界上重演。"人们啊，我爱你们！但是你们要警惕啊！"

2014 年 1 月 14 日 汉口 白壁斋

隆福寺,再见

"今日盘点,暂停营业,读者可去琉璃厂、灯市口、新街口书店购书。"在北京隆福寺的中国书店玻璃门上,贴着毛笔书写的告示。这是2013年1月25日的事情。《北京晚报》的报道说,三年之后,书店将在原址重张。

在北京淘旧书,隆福寺的中国书店是不可不去的。幸运的是,我在其搬家之前,曾经去瞻仰过一次,虽然淘书失望得很,我毕竟是去过了。

隆福寺自然是见不到了。这座建于明代景泰三年(1452年)的喇嘛庙,曾是朝廷的香火院,香火极盛。隆福寺与坐落在西四的护国寺,遥遥相对,一个称"东庙",一个称"西庙"。当年的隆福寺,是北京内城首屈一指的大庙市。据《日下旧闻考》记载,隆福寺"每月之九、十有庙市,百货骈阗,为庙市之冠"。每逢市日,这里便人山人海,水泄不通,就连东交民巷使馆区的外国人也常来光顾。《北京竹枝词》曰:隆福寺的庙市

"一日能消百万钱",当年的兴盛,可见一斑。

隆福寺的繁盛中,书肆是其最大的亮点。盖因北京的贡院,就在其附近。各地来京赶考的举子,连绵不断,络绎不绝。如此一来,书肆焉能不盛乎?清末民初,隆福寺便有了三十多家书肆,修绠堂、文萃斋、宝萃斋、阅古堂、文磷堂、聚文堂、三友堂、稽古堂、东来阁等书店相继开业,隆福寺的书肆不但与南城的琉璃厂相媲美,还并称为北京旧书肆的"南北两街"。回想当年,傅增湘、邢之襄、伦明、曹岳峻、甘鹏云、张元济等藏书家以及大学的学者,常常流连隆福寺的古旧书店,常常能淘到价格低廉的珍本、孤本,乐而忘返。胡适在北大红楼当教授的时候,曾一再对学生们说:"这儿距隆福寺很近,你们应该常去跑跑。那里书店的掌柜的不见得比大学生懂得少。"

前年,中国作家协会换届的时候,我又住进北京饭店。这里"距隆福寺很近",既然胡适先生说了,"你们应该常去跑跑",那就抽空去吧。

下午去了隆福寺。不知为什么,隆福寺百年间两遭火灾,早已物是人非。中国书店还在,里面清冷宁静,有线装书与一些新中国成立前后的旧书,放在上了锁的玻璃柜子里,文物一般,宝贝不得了。这样的"宝贝",我的书房里就不少呢,值得这样金贵地展览吗?真委屈了中国书店的金字招牌了。偌大一个书店,书架上的书,大部分是崭新的旧书,或者滞销书。失望之余,心有不甘,于是逡巡在书架之间,反复挑选,哎,还是有欢喜闪现,一如湖面上不时跃起一尾小鱼,或者几只齐白石笔下的墨虾:

1.《穷人》,陀思妥夫斯基著,韦丛芜译,开明书店民国三十年七月(1941年7月)六版,标价120元;

2.《海上历险记》,美国爱伦坡著,焦菊隐译,晨光世界文学丛书之一,晨光出版公司1949年3月初版,标价150元;

3.《马雅可夫斯基研究》,赵瑞蕻辑译,正风出版社1950年10月初版,开价50元;

4.《奥斯特洛夫斯基演讲·论文·书信集》,孙广英译,青年出版社1951年8月初版,开价50元;

5.《高干大》,欧阳山著,中国人民丛书之一,人民文学出版社1958年7月5版,标价40元;

6.《海涛》,郭沫若著,新文艺出版社1954年4版,开价60元;

7.《沫若选集》第三卷,人民文学出版社1960年1月初版,开价30元;

8.《鲁迅给肖军萧红信简注释录》,萧军注释。黑龙江人民出版社1981年6月初版,开价35元。

9.《郁达夫传记》两种,作者都是日本人,分别是小田岳夫的《郁达夫传》,以及稻叶昭二的《郁达夫——他的青春和诗》,浙江文艺出版社1984年6月初版,开价30元。

完了,就这些了。

《高干大》书影

许是期望值过高的缘故,我没有想到会这样结束我的隆福寺旧书店之行。而且,以上这些书,也许是因了搁在中国书店的原因,开价偏高,且蒙不清开价高高低低的缘由。倘若在其他的地方,比如说潘家园的旧书地摊,这样的开价,我可能会与老板谈谈价的。鲁迅先生好像说过的,幻想的翅膀飞得越高,跌到现实的地上就越疼。来之前,其实有了心理的准备,但是,没有想到会小小地疼了一下。

我马上就调整了心绪,我的凭吊与瞻仰,应该多于淘书之斩获的。我毕竟是在隆福寺,是在昔日老字号旧书肆修绠堂的店铺里,便怀着敬仰之心,闭了眼,闻着满屋旧书之香,回想当年,回想傅增湘、张元济、胡适,一一撩起长衫,跨进修绠堂来,便有些微醺的味道。至于所淘的书,是自己喜欢的呢,于是,二话不说,交了款,将机印小票,连同中国书店的包装纸,一并收起,就算来隆福寺的纪念了。

出了门,似乎还不甘心,不相信这就是大名鼎鼎的隆福寺中国书店。在门口流连,拍照,四处乱看。一眼瞧见斜对面有一家"明华烧麦馆",馋虫便钻了出来。烧麦,武汉称"烧梅",是我最爱的早点。隆福寺过去是有名的小吃街呢,怎么现在都不见了呢?是被大火烧没了吗?进了店里,许是尚未到吃饭的时间,窗明几净的店堂中,只有我一个客人。叫了一笼烧麦,要了一杯白开水,权且当酒,自酌自饮,是瞻仰,也是凭吊，为当年兴盛一时的旧书肆，也为当年人山人海的庙市。

就这么呆坐了半天，天渐渐暗了，胡同里，自行车铃声蝉雨般骤响，是回去的时候了。

隆福寺，再见。

家园春播

潘家园的旧书市场,自然是以旧书为主,旧杂志并不多。倘若有,大多也是美术类的,老的文学杂志很少,民国时期的文学杂志,更是惊鸿一瞥,少得出奇了。

我对文学杂志情有独钟,自然练就了一双在书海中淘金的鹰眼。

譬如一本《人民文学》,1963年4月号,封面是吴作人的熊猫图。此期的作家,有魏巍、方纪、杜宣、碧野、李季等,关键是有沈从文。有沈从文的一篇散文:《过节与观灯》,于是,这本杂志便有了味道。众所周知,沈从文在解放初期经历了精神上的打击与危机,曾经自杀过,然后便停笔,转向了文物研究。后来虽然在报刊上偶有文章发表,也属凤毛麟角。《过节与观灯》是沈从文在《人民文学》上发表的极少作品之一,这本杂志,自然就显得蛮有意味。

这本《人民文学》夹杂在一大堆旧杂志中,二元钱一本。

能不买么？

遭遇"五四"时期著名的新文学刊物《小说月报》，则完全是一次奇遇。

潘家园的旧书地摊设在僻静的角落里，类似一条长长的小巷。我的习惯，是先淘完一边，然后转向另外一边。冬日的上午，阳光灿烂，看完一边后，时近中午，有些书摊主打着哈欠准备午餐。就在即将逛完的时候，我看到了一位老太太的地摊上，满是珍贵的清末民初的书刊，其中，就有封面漂亮的《小说月报》。

《小说月报》书影

《小说月报》,是商务印书馆主办印行的著名文学期刊,1910年7月在上海创刊。刚开始,由恽铁樵、王莼农主编,主要刊登文言章回体小说,旧体诗词,改良新剧,以及用文言翻译的西洋小说以及西洋剧本。其中,趣味庸俗、供人游戏消遣的言情小说和即兴小说占很大篇幅,是鸳鸯蝴蝶派文人控制的主要刊物之一。1921年1月,《小说月报》从第十二卷第一期开始,由沈雁冰也就是茅盾主编,成为文学研究会的机关刊物,新的《小说月报》,辟有论评、研究、译丛、创作、特载、杂载等栏目,倡导为人生的艺术,批判封建文学观念,推动了新文学运动的发展。创作以小说为主,兼及诗歌、戏剧、散文,作者队伍均是当时的文坛名家以及文学新锐,如鲁迅、叶圣陶、郑振铎、胡愈之等人的理论文章,冰心、王统照、陆隐、许地山诸家的短篇小说,以及朱自清、朱湘等人的新诗。整个刊物脱胎换骨,面貌焕然一新。

我所看到的《小说月报》,为第十二卷的第二号、第三号、第四号。也就是说,正是茅盾接手主编《小说月报》后焕然一新的第二期、第三期、第四期,愈发显得珍贵。这样的焕然一新,直接从封面上就可以体现出来,这三期的封面,格式相同,其左边,是一帧精美的彩色装饰画,一个短发的农家女,短裤,赤脚,戴着斗笠,斜背布袋,正在大地上播种。在她的四周,环绕着开满星星般花朵的藤蔓,以及飞鸟。封面画的右边，上书"小说月报"四字，为古朴的隶书，下面便是内容提要。封面为蓝绿两色套印。第二号的主色为绿，三、四期的主色为蓝。这样色彩绚丽、构图精美的封面，在民国期刊中，真的是罕见！我顿时就爱不释手了。

赶快看摊主开价，每本一千元。

于是就装糊涂："一共一千？"

老太太举起食指，大声说道："嗨！一本一千！"

于是，便开始讨价还价，微笑着，坚持着，三本一千。

老太太也很坚决，毫不退让。

争执了半天，我只好长叹一声，放下刊物，道声谢，转身就走。

我知道，时近中午，她会喊我回去的。

果然，没走几步，她就大声招手："来吧来吧！你是真喜欢，就拿去吧！"

我当然是真喜欢。从购回到现在，就一直放在我的电脑桌旁，成为我书房的一抹亮色。实物在手，便看出什么叫做"机关刊物"，沈雁冰（笔名茅盾）接手后的《小说月报》，文学研究会的衮衮诸公便挑了大梁。连着的三期刊物中，每期都有沈雁冰、郑振铎的文章，沈氏有时多达三篇。二、三期均有叶圣陶的小说。第三期叶氏一人有三篇之多，便用了叶绍钧、叶圣陶两个名字。冰心、王统照、许地山等，也都有作品发表。

冬夜天寒，每每到了凌晨夜半，便停笔，在灯下捧书翻阅，常常神思穿越，如同置身于"五四"时期，与诸位先生们秉烛夜谈。这时，封面上的播种彩图，便生动起来。一个世纪过去了，诸位先生已经作古，但是他们编辑的刊物，创作的作品，至今还在流传，如同春天的种子，年年岁岁，不绝新绿。这便是文学的力量，同时，也是创造的力量。就这么看着，想着，自己也成为了播种者，在冬天寒冷的雨夜，也默默地播撒一个春天。

珍本流传

星期天,北京阳光灿烂,前几天刮了大风,雾霾都被吹跑了,北京的天也蓝得可爱。昨天晚上,我还抬头看见了夜空的星星,这真是一件稀奇的事情。会开完了,已经是12月30日了。那就趁着2013年最后的冬阳,去潘家园淘书吧。

还没到潘家园大门口呢,马路两边的地摊、淘宝的人群、卖小吃的以及停靠的车辆,已经将马路两边挤得水泄不通了。我当然是心无旁骛,老马识途,直奔旧书地摊而去。

地摊群在窄巷中,背阴,没有阳光,冷飕飕的。但淘书的人仍然很多,一个个弯腰低头寻书,像在水边觅食的仙鹤。我的目标明确,只寻民国版和文学旧书。因此,一路逡巡过去,眼尖手快,马上就叼到了几条鱼。

陀思妥耶夫斯基的《少年》,耿济之译,开明书店版。公木的《谈诗歌创作》,新文艺出版社1957年8月初版。刘白羽的《红玛瑙集》,作家出版社1962年5月初版。摊主高瘦,笼着手,看一眼书,随口开价,每本20元。刘白羽的《红玛瑙集》,曾经是我中学时代的喜爱。家里的藏书中,兴许还有,但仍然义无反顾买下了。

太阳升高了,从楼群中斜照过来。向阳的地摊就多了些低头的"仙鹤"。一个老太太的地摊上,全是线装书和民国版的旧书,令人眼睛发亮。那些线装书,有《红楼梦》,有《金瓶梅》,还有很多名著,但都面目可疑,不敢亲近。倒是几本民国版的文学书,我先下手为强,拢到自己的身边,蹲下慢慢翻阅起来。

巴金的长篇小说《第四病室》,晨光出版公司1952年10月八版。张恨水的长篇小说《秘密谷》,上海百新书店民国三十八年三月(1949年)八版。全书共二十四回,每一回首页均有插图一幅,彩色封面,属稀见版本。曹禺的《家》,文化生活出版社民国三十一年十二月(1942年)初版,我淘到的是民国三十六年九月(1947年)的三版。这是"曹禺戏剧集"丛书的第五种,八种版本中,我已淘到六种。淘到《家》,我的高兴还在于,这是一本没有引起文学史注意的杰作,因是根据巴金的名著而改编,所以常常被忽略了它真正的艺术价值。其实,将巴金的《家》改编成戏剧的很多,但是,只有曹禺改编的《家》,是一种真正创造性的改编。当年在桂林,巴金读完曹禺《家》手稿后,如此评价说:

"他写出了他所有的爱和痛苦,那些充满激情的优美的台词,是他心底深处流淌出来的。那里面有他的家,有他的恨,有他的眼泪,有他的灵魂的呼号,他为自己的真实感情而奋斗。"这样一部具有独立生命的作品,毫无疑问地成为曹禺的"五大名剧"之一。

这本书的版权页上,盖有原来的收藏者的图章:"刘精民珍藏。"百度刘精民,居然也是一个收藏家,"主集古籍、旧书、连环画,现藏明清古籍三千余册、民国以来旧书一万余册、清末以来连环画二万余册,含部分珍品"。也不知这本书,是怎么散落到潘家园来的,叹叹!

无独有偶,在另外一处旧书大棚里,我淘到了曹禺的戏剧集之四:《北京人》,同是文化生活出版社出品,但是,是民国二十五年一月(1936年)的初版,是白纸版,非常珍贵。书中盖有三位收藏者的印章,如今机缘巧合,由我接着收藏了。

淘书的高潮,是在中午,阳光温暖。摊主们都开始吃盒饭了。在旧书大棚里,我发现了一套四本的《胡适留学日记》,商务印书馆民国三十六年十一月(1947年)一版,我看到的是民国三十七年二月(1948年)的二版,封面素雅,书名系胡适自题。胡适于1910年至1917年留学美国,每天坚持写日记和札记。这些日记,真实地记录了胡适的留学生活,所以胡适说:"这几十万字是绝好的自传。这十七卷写的是一个中国青年学

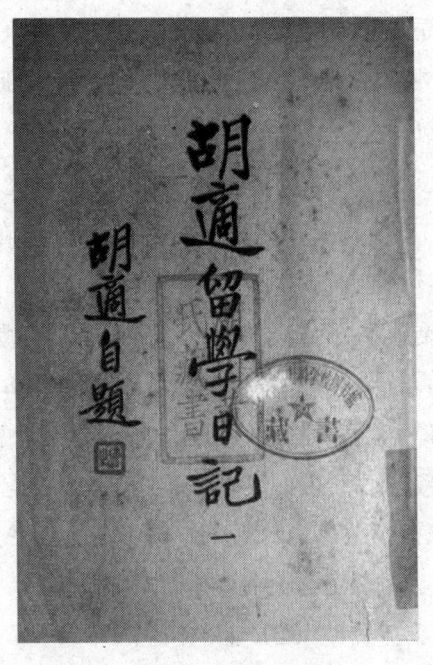

《胡适留学日记》书影

生七年间的私人生活,内心生活,思想演变的赤裸裸的历史。"1939年4月,上海亚东图书馆出版了胡适的日记,名为《藏晖室札记》,共分为十七卷,编为四册出版。1947年11月,上海商务用亚东原纸型出版,更名为《胡适留学日记》。胡适在《重印自序》中说:"这书出版的时候,中国沿海沿江的大都会都已沦陷了,在沦陷的地域里我的书都成了绝对禁卖的书。珍珠港事件之后,内地的交通完全断绝了,这部日记更无法流通了。"因此,《藏晖室札记》国内流传甚少。但是,待到《胡适留学日记》出版时,又逢解放战争,此书发行不畅,所以流传不多。到了大陆解放,胡适被批判,此书更成孤本。一直到了20世纪80年代,台湾才重新出版。这样珍贵的版本,一套四本,完整无缺,品相极好,又具有极高的文献价值,摊主开价一千元,我是欣然接受的。

《胡适留学日记》盖有"湖山黄氏藏书"藏书大印,湖山黄氏乃浙江诗书传家之大族。此书不知谁藏也,也不知如何流落到潘家园旧书摊。写完此稿,正是2013年12月31日的黄昏,暮色一点一点地升起,2013年正渐渐地离去。历史的轮回有如藏书,谁藏其实不重要,重要的是藏书还在。于是慨然曰:"我不是你的唯一,但我是你最美丽的回忆。"

便以此向2013年告别了。

地震说书

在我收藏旧书的生涯中,有两个特别神往的地方,一个是北京的琉璃厂,一个是日本东京的神田。

琉璃厂旧书店最繁华的时期,当是清朝及民国。那时的琉璃厂,是各省会馆聚集之地,各地进京考试的学子,都住在这一带,科举时代的"红录",也在琉璃厂发布。乾隆年间,参与编修《四库全书》的文人学士也多寓其四周,他们编修时所需之书籍,均习惯于"详列书目,至琉璃厂书肆访之"。于是各地书商蜂拥而至,琉璃厂逐渐书肆林立,北京的文人雅士,也将"听戏、吃小馆、逛琉璃厂",作为一种时尚与乐趣。

我的神往,在于鲁迅先生等文学大师,当年均是琉璃厂的常客。1911年,鲁迅在绍兴担任师范校长时,就曾托许寿裳到琉璃厂为他购书:"闻北京琉璃厂颇有典籍,想当如是,曾一览否?"后又去信问道:"北京琉璃厂肆有异书不?"第二年5月,他来到北京工作,更是住在了琉璃厂附近。《鲁迅日记》记载,先生居住北京的十四年期间,去琉璃厂多达四百八十多次，采买图书、碑帖三千八百多册。一年一度的厂甸庙会，鲁迅先生当然不会错过，先去附近的青云阁喝茶，或是去杨梅竹斜街的东升平浴池去洗澡或理发。然后，悠悠然，欣欣然，到厂甸的书肆画廊间，徜徉徘徊，留连忘返。

这样一个三百年长盛不衰的文化中心，其起源竟然与地震有关。

清康熙十八年（1679年），北京地区发生了大地震，震级高达八级。清顾景星《白茅堂集》记载："七月二十八日庚申时加辛巳京师地大震，声从西北来，内外城官宦军民死不记其数，大臣重伤。"北京原来的书市，在慈仁寺，也就是现在的报国寺。在这次大地震中，慈仁寺一带损毁严重，震后，书商们便将书肆转到琉璃厂，于是，琉璃厂便成为新的书市与文化中心，成为藏书家与书迷们的天堂与乐园。《红楼梦》的早期抄本，如己卯本、庚辰本、梦稿本，包括甲戌本，其流传与收藏，都与琉璃厂有关。

如今，琉璃厂旧书市的盛况，早成绝响了。现在的琉璃厂文化一条街，多以古玩为主，旧书店，似乎只有中国书店数家。过去到北京，琉璃厂是必去的，也淘到不少旧书。但是现在进京，首选的当是潘家园古玩市场了。

至于日本东京的神田古书街，恐怕是世界上旧书收藏家们向往的伊甸园了。在一个小小的神保町，竟然聚集了二百多家旧书店，真的是举世罕见。在神保町纵横交错的街巷里，富有特色的旧书店密密麻麻，鳞次栉比。走进任何一家旧书店，不见墙壁，只见顶天立地的书架。由于店小，店主往往用顶天的书架隔成狭窄的书巷，置身其中，如同陷入书的峡谷。日本的古书收藏家池谷伊佐夫写过一本有名的书：《神保町书虫》，副题是"爱书狂的东京古书街朝圣之旅"，其中附有介绍旧书店的插图，非常真实地描绘了书店中迷宫般的书巷。

神田旧书店

神田古书街的兴起，是在日本的明治维新（1868年）之后。那时，神田周围建了很多大学，神田便成为大学生的集居之地。清末民初，日本的中国留学生达二万之多，其中，八成的留学生都居住在神田。学校多，学生多，书店自然就多了起来。当年，旅居日本的孙中山，以及留学日本的周恩来，就经常光顾神田。至于留学日本的鲁迅，更是旧书店的常客了。

说来有趣，这样一个旧书爱好者的天堂，竟然也与地震有关。

1923年9月1日，日本关东地区发生7.9级强烈地震。地震灾区包括东京、神奈川、千叶、静冈、山梨等地。这次地震，造成十五万人丧生，二百多万人无家可归。神田古书街也遭到毁灭性破坏。关东大地震后，在东京的重建与复兴中，古书街也迅速得到恢复和发展。在日本，新书的价格十分昂贵，震后，日本人发现旧书其实价廉物美，于是旧书店又迅速繁荣起来。二战期间，东京遭到盟军空袭轰炸，但是神田古书街却奇迹般地安然无恙。据说，当时研究日本文化的苏联专家向麦克阿瑟提出建议：神保町一带是日本重要的文化遗产，应予保留。这样的传说，也从一个侧面，凸显出古书街的文化意义。

我第一次到神田古书街淘书，是在2003年。那是樱花盛开的时节，我第一次走进了神往已久的神保町古书街。陪同我前往的，是七十多岁的家野四郎先生。我的主要作品，都是他翻译，并在日本出版的。到了东京，他问我，银座去不去？我摇头。他又问，秋叶原去不去？我又摇头。他很惊讶，问我想去哪里？我说最想去的，就是神田古书街，他微笑。一大早，我们来到古书街，顿觉空气中弥漫着淡淡的书香。他和一位爱书的老友坐在一家咖啡馆里喝咖啡，任由我自由随意地穿行在旧书的王国中。书店小小的，但是安静、典雅。店主也在静静地看书，随你自由地浏览选择。我不懂日文，好在日文中有许多中国字，可以猜到书的内容。那一次，我在神田整整逛了一天，淘到了日文的《金瓶梅》，还有法国的科幻小说《神秘岛》，以及孙中山先生的日文版著作等一大批旧书。等我抱着书回到咖啡馆，已经是黄昏时分了。

前年再去东京，我便自告奋勇地为武汉作家们当古书街的向导了。神田依旧，古书依旧。当然，经营新版中国图书的内山书店和东方书店，也是我必到的地方。内山书店的经营者，是鲁迅先生的好友内山完造先生的亲戚。忙中偷闲，也去了出版我日文版书籍的文艺出版社。最高兴的是，神田旧书街的街口，开有一家九头鸟酒店，老板是地道的武汉人许溪澜先生。那天，他设宴款待我们，大瓶的清酒喝了个够。他乡遇故知，大家品酒吟诗，引吭高歌，携书归去，东京已成灯火辉煌的不夜城了。

2011年日本又地震，且忧核辐射，便十分惦记日本的朋友们。借此机会，深表问候。同时，我也深信，不管是日本，还是中国，书籍，包括古旧书所代表的文化，是任何地震都摧毁不了的。

永恒的故居

到阿尔巴特大街上去散步,是我们俄罗斯之行的最后一天。莫斯科天气晴朗,阳光炽热。我们去的,当然是老阿尔巴特大街,是普希金、托尔斯泰居住过的阿尔巴特大街,是雷巴科夫笔下的阿尔巴特大街。

有人将阿尔巴特大街与北京的王府井相提并论,我认为两者是不能类比的。王府井是一条传统的商业街,而阿尔巴特大街上虽然也是鳞次栉比的商业店铺,但是,在俄罗斯人的心中,在世界各地游客的心中,它首先是一条著名的文化大街、艺术大街。

阿尔巴特大街如今是步行街,全长不足一公里。方石铺就的道路两边,装饰着典雅古朴的圆形玻璃灯罩的街灯。大街始建于何年,如今已无法查考,但从俄罗斯官方的《莫斯科年鉴》的记录看,最早可追溯到1493年7月28日。俄罗斯的名门望族,如托尔斯泰、加加林、亚历山大等家族都落户在这里。

走进大街不久,我们首先遇到的,是普希金,他和他的夫人娜塔丽娅·尼古拉耶芙娜·冈察洛娃的青铜雕像,就栩栩如生地矗立在街边,微笑着,迎接着四海宾客。雕像的对面,便是普希金故居博物馆。那是一座浅蓝色的二层小楼,墙上有"53"号的门牌。门口的铜牌上,镌刻着俄文:"亚历山大·谢尔盖耶维奇·普希金于1831年2月初至5月中在此居住"。

董宏猷与画家合影

我们照例和普希金合影,同时也和"莫斯科第一美人"娜塔丽娅合影。诗人与美人的邂逅相遇,是在1828年冬的一次舞会上,当时娜塔丽娅只有十六岁。1831年2月18日,他们在莫斯科举行了婚礼。婚后的最初三个月，这对新婚夫妇就在新居度过的。婚礼的前一天，普希金在新居举行了一次"告别单身生活"的聚会。据说，当时普希金显得郁郁寡欢，黯然神伤，他是预感到了这场婚姻将给他带来决斗身亡的命运吗？

除了这些 19 世纪的大文豪外，阿尔巴特大街还因一位作家和他的一部著作而声名远扬，那就是苏联作家雷巴科夫和他的长篇小说《阿尔巴特大街的儿女们》。

阿纳托利·纳乌莫维奇·雷巴科夫出生于 1911 年。其早期的作品多为儿童题材和生产、道德题材。我藏有他的《克罗什历险记》，黑龙江出版社 1985 年版，封面画着一个鼻翼长满雀斑的少年，那是张守义的设计。谁也没想到，这位也居住在阿尔巴特大街上的擅长写儿童文学的作家，会创作出一部震惊世界文坛的长篇小说，《阿尔巴特大街的儿女们》为雷巴科夫带来了世界声誉，也让千千万万的读者，包括中国长江边的我，记住了这样一条大街。

我还记得 20 世纪 80 年代阅读《阿尔巴特大街的儿女们》时的震撼与沉思。小说描写的，是苏联 30 年代初期阿尔巴特街区一群青年男女主人公的命运，除了这条线索外，雷巴科夫大胆地展开了另外一条线索：描写苏联上层人物的矛盾和斗争，主要写的是斯大林大权独揽后，对基洛夫等老一辈革命家的怀疑、猜忌和迫害，包括大规模的肃反和镇压给苏联人民带来的无穷的灾难。雷巴科夫曾说："这是一部沉重的小说，沉痛的年代……要把当时发生的事都写出来是很复杂的,心理上很复杂,但是必须用全部精力去完成它,已经讲了真话,就需要讲到底。"1988年6月,雷巴科夫在会见合众社记者时说:"当我开始写这本书的时候,我本不打算写一本关于斯大林的小说,而是要写一本关于萨沙·潘克拉托夫,我们一代人的命运,我所居住的莫斯科阿尔巴特街和当时社会情况的小说。对我国人民来说,30年代是一个悲剧年代,因此我要想表现这个时代,当然,斯大林必须是书中的一个角色,因为没有斯大林所有这一切都不会发生了。"这部小说和库斯勒的《中午的黑暗》、米兰·昆德拉的《玩笑》一样,勇敢而真实地记录再现了人类历史上的特殊苦难,保持并维护了一个真正的作家的尊严以及道德良知。

这样一部被誉为"不打哑谜的历史画卷"的长篇小说,在当时自然是不能公开出版的,它以手稿的形式在朋友间流传,也曾有外国出版商愿意出版,但是雷巴科夫没有同意。一直到了1985年3月,二十多年过去了,《阿尔巴特街的儿女们》终于在苏联国内公开发表,立即引起极大的轰动,当时,西方称它为"莫斯科的一颗文学炸弹"。阿尔巴特大街也因此而成为一个时代的象征。

阿尔巴特大街最引人注目的,是大街中央摆设的形形色色的画摊。油画是主体,版画、素描、水粉等等也应有尽有。画摊的主人，就是画家本人，当街创作，当街销售。我在观赏油画的时候，一个画家就手持画夹，微笑着开始画我了。当我注视着他时，他夸张地要我放松，只管去看画，而他则像表演一般，不断变换位置，手中的碳棒不停地挥动。不一会儿，一张人像素描就画好了，嘿，还真像。画家签名，尤拉。问画价，一千卢布，相当于两百多人民币。阿尔巴特大街就以这样的方式，馈赠我一个珍贵的纪念。

值得纪念的，当然还有旧书。大街上，就有不少的旧书摊。我不懂俄文，就凭着直觉，找那些最旧的书，买了两本，以作纪念。回到集合点，林白看见旧书，也说好，我们便请导游一起去，再去淘书。林白淘到诗集，我则淘到屠格涅夫等作家的作品。导游来不及翻译书名，但是，我对书中的阿拉伯数字还是认识的。导游所说"屠格涅夫"一书，出版时间是1930年，扉页盖满了蓝色的印章，标注着1935、1936、1939、1957等年份。那就是说，这本书在俄罗斯经历了最难忘的20世纪30年代，也就是《阿尔巴特街的儿女们》所经历的大清洗、肃反、镇压、流放，以及第二次世界大战这样的大苦难。在铁与血的历史长河中，这本书居然存活了下来，一直过了八十年，最后，在阿尔巴特大街上，与一个中国作家相遇，与一个喜欢藏书的书迷相遇。这是一种奇遇，也是我与阿尔巴特大街的缘分。

雷巴科夫的故居也在大街上，可惜由于时间的关系，未能去成。但是，我一点也不遗憾。因为一个作家最好的故居，是不同时代的读者的心，那是最美的故居，也是最永恒的故居。

寂寞与永恒

一个人对自然的热爱应该是天生的，是本能的，譬如我，从小就特别地爱山、爱水、爱大海，尤其爱森林。也许是因为我属虎的缘故，我对森林有一种说不出来的依恋和亲切。因此，我对那些描写森林、大河、湖泊的文学作品，就非常喜爱。读着那些散发着林中树木花草的清香和湖面上薄荷一样的水腥气的文字，我常常就陶醉在其中，整个身心一下就清爽了许多。

苏联作家巴乌斯托夫斯基的《金蔷薇》曾经是我、也是我们这一代人最喜爱的书籍。他那优美的散文、优美的小说，其实是最优美的诗篇。巴乌斯托夫斯基是一位热爱大自然的作家，他的中篇小说《森林的故事》，简直就是一部人与森林的抒情诗。小说主要写的是作家列昂捷夫到林区体验生活的故事，但是，我们首先读到的，是俄罗斯伟大的作曲家柴可夫斯基的那间森林中的木房子。木房子建在一个小山岗上，山岗下是一个清亮的林中湖泊，湖边长着茂密的柳树和赤杨。柴可夫斯基常常住在这间木房子里弹奏钢琴，构思他的作品。森林里安静极了，偶尔可以听见窗外杜鹃的咕咕声。木房子里有一股松节油和白丁香的味道。柴可夫斯基常常沿着一条林间小道散步，一直走到他最喜爱的红谷。幽静的小道边，长着玫瑰色的柳叶菜，白桦林中长满了香菇。柴可夫斯基只要一走到这条小道上，只要一走到长满松树的红谷，他的心"便激烈地跳动起来"，他的创作灵感"便会热烈地奔放出来，澎湃之声滔滔不绝"。柴可夫斯基的许多音乐作品，就是从这片森林里长出来的。

然而，就在柴可夫斯基从森林中获得了一个个奇迹般灵感的时候，他听到了一个不幸的消息：一个投机商买下了森林，正准备将森林砍伐光。生活在那片森林里的老百姓向他下跪了，请他帮忙制止这场大屠杀。柴可夫斯基愤怒了，他连夜赶到了省城，请省长制止砍伐。但是省长说，他无能为力。因为投机商是根据训令在处理自己的私有财产。省长说："艺术家本性的要求和商人的盈利不是始终能相符合的"。面对这样的官僚和冷酷，柴可夫斯基还能说什么呢？对森林的屠杀第二天就要发生了，这位伟大的作曲家在万般无奈之中，想到了用自己的作品作抵押，将这片森林买下来。于是，赶在砍伐之前，柴可夫斯基找到了投机商。投机商趁机抬高价格，柴可夫斯基一口答应了。

投机商提出要现款。柴可夫斯基说，先用他的作品作抵押，请他不要马上砍伐森林。应该说，柴可夫斯基的作品，包括他的《天鹅湖》，是俄罗斯艺术的无价之宝，可是，只要现款的投机商拒绝了柴可夫斯基。他轻蔑地说："我们生为投机商人，死为投机商人，我们皮袄的夹里可不是用高尚做成的。再见！"于是，柴可夫斯基亲眼目睹了这场他制止不了的对森林的屠杀。

伟大的柴可夫斯基失败了，这何尝不是人类良知的失败。失败了的柴可夫斯基面对着惨遭砍伐的森林，发出了愤怒的呐喊：

> 多么卑鄙的行为！是谁让人残害大地，使大地变丑？……世界上有些东西是无法用卢布，用亿万卢布去估价的。难道彼得堡那些贤明的国家要人，就难以明了一国的强大，并不在于物质的丰富，而且也在于人民的心灵！心灵越宽广，越自由，国家就越伟大，就越有力量。可是，能养成人民心灵宽广的，除了这奇妙的大自然外，还有什么呢！大自然应该爱护，就像我们爱护人的生命一样。

柴可夫斯基捍卫森林的故事，虽然只是森林的故事的一个小小的序曲，但却是全书的一粒火种，也是播撒在千百万读者心中的火种。这粒火种曾在一个中国少年的心中发芽,并且长成另外一部关于森林的长篇小说——我写的《十四岁的森林》,为写这部小说,我连续四个夏天孤独地待在原始森林里,陪伴着我的,就有巴乌斯托夫斯基,以及柴可夫斯基。

将自己的名字与森林联系在一起的,还有一位俄罗斯作家普里什文。这位将毕生的精力献给了森林的散文家,为我们留下了一部部金子般的散文诗。没有谁像普里什文那样,像一棵老树一样,一年一年又一年地生活在森林里,用自己的眼睛和心灵,仔细地观察森林一年四季的变化,一天之内的变化,同时,像对自己的亲人和朋友那样,与森林对话。然后,他写作,并且思想。他的作品和思想,都充满了生命的活力与森林的芳香。

我爱读他的《林中水滴》,尤其爱读他晚年写的一本日记体散文:《大地的眼睛》。巴乌斯托夫斯基曾经说过:"这是一本惊人的巨著,充满富有诗意的思想和出乎意外简短的观察结果"。这些"出乎意外简短"的日记,其实是一首首充满着博大的爱心的诗篇。在《大地的眼睛》里,普里什文仍然保持了他一惯的善于观察自然的风格,但却将富有哲理的思考融入富有诗意的观察之中。他仍然写森林在一年四季中的种种细微的变化,写活了的枞树,会走路的蘑菇,飞来的杜鹃,写树枝的谈话,松树与风的争论,写绿了的小路,羞答答的太阳……但是,他决不停留在一般的速写和素描上,而是思考着自然、生命、人生、爱和幸福,思考着诗、艺术、哲学、真理和理想。曾经有人问普里什文,为什么你总是写动物,写花,写森林,写大自然呢?你是否排除了对人类本身的注意,从而限制了自己的才能呢?普里什文回答说:

《林中水滴》书影

  我写大自然,是因为我希望写美好的事物,写有生命的东西的灵魂,而不是僵死的东西的灵魂。于是我为自己找到了心爱的事业,在大自然中寻找并发现人类心灵美的一面。

感谢普里什文,感谢他给了我们一双大地的眼睛,发现并懂得了什么是美,什么是爱,什么是诗,什么是永恒。

应该提到《瓦尔登湖》了。不仅仅因为它的译者徐迟先生是我敬重的同时也是湖北的老作家,也不仅仅因为我的家乡是千湖之省,而我的生命历程常常和湖联系在一起。《瓦尔登湖》的作者亨利·戴维·梭罗是一个生活在19世纪的美国人,毕业于哈佛大学。1845年3月,梭罗来到瓦尔登湖边的森林里,开始了他的独居生活。他自己在湖边搭盖了一间木屋,自己种植土豆和玉米,自己驾船捕鱼。梭罗到瓦尔登湖去独居,不是想当陶渊明,种豆南山,采菊东篱,而是为了体验这种独特的生活方式,分析研究自己与大自然融合之所得,"他并不是逃避人生而是走向人生","是为了探索人生,批判人生"(徐迟)。梭罗就这样在瓦尔登湖边独居了两年多,他观察着,体验着,沉思着,梦想着,同时写下了自己的观察和思考。1854年,《瓦尔登湖》出版了,这是梭罗生前出版的第二本书,也是最后一本书。他的第一本书是自费出版的,只印了1000册,卖了215册,送了70册,其余的都堆放在家中。《瓦尔登湖》刚刚出版时,并没有引起多少注意。但是，随着时间的推移，《瓦尔登湖》的影响便越来越大，成为美国文学中一本独特的书，一本世界名著。

一个甘于寂寞的人，一个一辈子只出版了 2 本书的人，最终成为了世界著名的作家。就像梵高的画，身后成为了无价之宝。一个作家最终是凭他的作品来说话的。作家的创作是一场永无止境的马拉松赛跑，生前马拉松，身后仍然是马拉松。在这样一个"泡沫时代"，一个"方便面的时代"，每一分钟都有各种各样的"开水"泡出一碗一碗的眩目的"方便面"来。常常就有人耐不住寂寞，奋不顾身地跳进了"开水"之中，然后就被泡得软软的，像一泡一流出来就会被甩掉的鼻涕。

我常常在出差的时候，带上这本寂寞的书，恬静的书，智慧的书。在疲惫的旅途中，在喧嚣的人海里，随意翻看着《瓦尔登湖》，就像走进了梭罗的世界，一颗心便沉浸在纯洁透明的湖水中，清新澄静的森林中，整个人便静了下来：

> 在温和的黄昏中，我常坐在船里弄笛，看着鲈鱼游泳在我的四周，好似我的笛音迷了它们一样，而月光旅行在肋骨似的水波上，那上面还零乱地散布着破碎的森林。

我听见梭罗在对我说:"我将种这样一些种子,像诚实,真理,纯朴,天真等。"而这些种子,总是会在许许多多的心田里发芽的。

"书虫"自供

人生皆有梦,儿时的我,最美的梦,便是当一个图书管理员。因为图书馆里有那么多的书,简直是书山书海书的森林。管理员在我看来,大约是可以成天看书的,并且是想看什么书便有什么书,如山岫之流云绿林之微风那样悠闲而自得。如果当时让我去当图书管理员,即使是拿当总统来交换,我也是不愿换的。

然而这毕竟只是梦而已,现实才是最严酷的教师。从呱呱落地便没得到过父爱的我,是在清贫与自卑中泡大的:如果我先天白痴或后天愚钝倒也罢了,因为这痴呆对于痴呆者本身来说,无异于一种不觉痛苦的幸福。而我偏偏从小敏感且聪慧,因此,我过早地感受到了人生的沉重及其铁腥味儿,过早地感觉到了孤独与失落,过早地习惯逃遁于幻想世界中去补充爱、去完成爱。于是,书籍便成为我幼小的心灵得以栖息得以慰藉的港湾。

从八九岁起,我每天放学后从江岸步行到汉口交通路古旧书店去看书。古旧书店的书是开架的,可以装作买书而随便浏览,亦可站着看几章。当然,一本厚书不是一次可以翻完的,我便细心地将那本书藏起来,通常是将小说藏在书架的顶层,或者插入一排排精装本的工程技术之类的大书中,我的这些"小阴谋"常常得逞。于是我便于这得逞的"小阴谋"中,体味到图书管理员的快感了。

有了"阴谋",当然就酝酿了"野心"。我想到买书了。一个穿着姐姐花袄的穷孩子,却想去买那厚厚的书,这无异于一种奢侈了。没有钱,我省下每天三分或五分的早点钱。钱不够,我便将食堂的饭菜票换成现钱去买书。当然我不是神仙,我充饥的方法是到码头去捡卸货时丢弃的烂瓜。

在码头我结识了许多"拉纤"的小伙伴。一根绳子,一个铁钩,帮满载货物的板车"拉纤"般地拉到目的地,然后由车老板恩赐几分钱。放暑假时,我去拉纤了,那年我九岁。不必叙述在酷热中勒破了肩头烫肿了赤脚板才得到五分钱的艰辛,这一切已写入我的小说之中。总而言之,为了书,为了买书看书,我付出血与汗的代价。那时的我从没想过去当作家或是去考大学混文凭等,一个失去了许多许多爱的孩子只想得到一点慰藉。

就这样,我的小书箱渐渐地投进了许多慰藉。当然,我从小学起便开始折磨胃并立即得到了胃的报复。

为了书，我养成了许多坏习惯与许多好习惯。坏习惯之一，当然是变成了"夜猫子"，于13岁时起，便戴上了眼镜；好习惯之一，当然是养成了从不吃零食也不爱吃点心。直至现在，我晚上熬夜，妻子为我准备的点心之类食品常常安然无恙。

1968年，我下放农村插队时，已拥有好多书了。我的书箱里有《战争与和平》、《安娜·卡列尼娜》、《高老头》、《欧也尼·葛朗台》、《马雅可夫斯基诗选》等许多世界名著，有许多辛辛苦苦节衣缩食换来的心肝宝贝书。我装了一木箱书带下乡，其余的则藏在暗楼的床底下。到了生产队，房东帮我扛箱子时，他哎哟一声问装的是什么？我笑着说里面装的是"炸弹"——马雅可夫斯基说过，"诗和歌是炸弹和旗帜"呀。

说者无心听者却有意。于是在相当长的时间内，我那一箱书真被疑为"炸弹"。有一位十九女中的学生下放到我那个大队时，便有人悄悄告诉她："四队有个董宏猷，带来了一箱子手榴弹！"这个姑娘后来成了我的妻子，作媒的大概就是那箱"炸弹"吧？

留在家里的一箱子书呢？其命运则惨了。有一年冬天，我到汉川挑堤时，苦于无袜子穿，便写信向母亲求援。可怜的母亲囊中羞涩，又心疼儿子，于是，便将我那一箱子书全当废纸卖给了废品收购站，然后给我寄来了两双布袜！我从9岁起便开始卖劳力忍饥挨饿省钱买的书！我所崇敬的托尔斯泰、巴尔扎克们，最后变成了慈母寄来的两双御寒的布袜！我收到布袜看完信后，便嚎啕大哭了。我从没那么伤心地哭过。我记得那天下着雪，我穿着短裤挑完泥巴刚回到工棚。然后，我将满腔的悲愤倾泻在可怜的母亲身上。而在以后的许多岁月里，我常常梦见意外地寻回了那一箱书。

小时候，母亲外婆就曾说我是"书虫脱胎"，我想如果真有"前世"的话，这话大约是不错的。至今，我仍将淘书买书读书视为人生最大之快事。而我的夙愿，便是有朝一日将我所买的书全部读完。当然，首先我得活着。不过如果真有"轮回"的话，死去也无妨，我将递上一纸申请报告：大慈大悲的菩萨、上帝、真主啊，来世再让我变成一只"书虫"吧！

变"书虫"大约是不需要"开后门"的吧，我想。

静静的《金瓶梅》

在武汉街头书摊上买到全本的《金瓶梅》,是一件令外地朋友十分惊异的事情。这些朋友大都是老编辑或青年作家,甚至是出版社的领导,和书打了一辈子交道,他们在武汉街头买到全本《金瓶梅》时的兴奋激动之情,倒令我感到十分的惊异。

仔细想想,也不奇怪。这部"天下第一奇书"向来被认为是"淫书"而遭禁。清朝的统治者便不断地对它下禁令,当然,在下禁令的同时,又将它翻译成一般汉人看不懂的满文。解放以来,在大陆出版《金瓶梅》,哪怕是经过删节的"洁本",以及"故事梗概",仍然是危险的"雷区"。因此,在武汉人来人往的街头,可以像买一张报纸那样随意地买到全本《金瓶梅》,怎不令这些朋友感到惊异呢?

至于我的惊异,则是因为我经常逛书摊,已经司空见惯的缘故。在武汉街头的书摊上,有好几种版本的《金瓶梅》,其中,有六本一套的《金瓶梅词话》,香港太平书局出版,系《金瓶梅》最早的刻本"万历本"(明万历四十七年(1619年)刊刻)之影印本,然后在每回前附上明"崇祯本"所加的二幅插图,共二百幅。这样一套书,书贩索价300元。前几天在武胜路新华书店门前逛旧书地摊,此套书外加一本滞销书,书贩开价350元。另一种版本,则是二本一套的精装本《金瓶梅》,大陆三秦古籍书社出版。版权页有"[1991]三秦新内图字第058号"(内部发行)等字样,定价120元。该书注明由"郝明翰、吴世轩、徐铎"三人"校点",但

《金瓶梅》书影

通篇不见"校点"之痕，连书前所附之"苦孝说"、"金瓶梅读法"以及"杂录"等均为张竹坡所撰也未标明。《金瓶梅》现存最早的三个刻本，除了"万历本"、"崇祯本"外，还有"康熙本"。即清康熙三十四年（1695年）张竹坡之刻本。此刻本流传最广，影响也最大。三秦所出的这套《金瓶梅》，即与康熙本相近，但我一直疑为盗版，也像买邮票中的"错票"一样买了一套。这样一来，《金瓶梅》的三种最早刻本，同时出现在一个小小的街头书摊上，且均为未删节的全本，当然就成为武汉书市的一个令外地朋友惊异的奇观。

身为武汉书迷，我是为这一奇观感到自豪的，我的自豪不在于这些书的来历，而在于武汉市管理部门的开明。《金瓶梅》有没有毛病呢？当然是有的，其中那些秽亵的性交描写，是导致它被视为"淫书"的主要原因。但是我一直以为，这些东西并不能抹杀《金瓶梅》的真正价值。在中国小说史上，它是一部里程碑式的作品，第一部由文人独力创作的长篇小说，第一部以普通城市市民生活为题材的现实主义的小说。《红楼梦》的创作，在很大程度上是借鉴了《金瓶梅》的。因此，正如鲁迅先生所评："故虽间杂猥词，而其他佳处自在"。郑振铎先生也说："表现真实的中国社会的形形式式者，舍《金瓶梅》恐怕找不到更重要的一部小说了。"也正因为如此，《金瓶梅》四百年来禁而不止，而且被译成十几种文字在国外流传，有不少的学者致力于研究它，并逐渐继"红学"以后又兴起一门"金学"。武汉书市的这一奇观，标志着"因噎废食"的时代已经日落西山，我的高兴，自然是不言而喻的。

其实，真正买《金瓶梅》的人，是冲着它应有的价值而来的。那些想看"淫秽"的描写者，那些不学无术的哥儿们，是读不懂这部书的。那些影印本没有标点，而哥儿们连断句都不会，又谈何读懂呢？追求感官的刺激，自有形形色色的"雪米莉"和"西村寿行"为他们提供了更加通俗、更加普及，更加一目了然的描写，那些一度泛滥的黄色书刊、黄色录像带，则为他们提供了更加现代化的"兽行"，他们已经不需要劳神费力花钱啃"老古董"以"解渴"了。我在书摊前就曾见过一位年轻的哥儿们对翻阅《金瓶梅》的伙伴说："走走，不消买得，一点都不过瘾。"于是这几百块钱一套的《金瓶梅》便静静地躺在市声喧嚣的街头，没有形成青少年争相抢购的什么"热"，自然也就减少了"毒害青少年危害社会治安"的危险。这是不是《金瓶梅》得以在街头幸存的原因之一呢？倘若是，我不知道这究竟是《金瓶梅》的幸运还是不幸？

《金瓶梅》的作者，为"兰陵笑笑生"。此生究竟是谁？至今仍扑朔迷离，几百年来，只留下种种传说。传说之一，便与咱们湖北有关：湖北麻城的刘承禧，曾是明朝巨奸严嵩父子的党羽，失宠回乡后，便过着西门庆似的生活。有一个书生，在其家混饭吃，深谙其家内幕，便将其所见所闻记录整理成书。这种传说，当然不可信，因为《金瓶梅》并不是什么"纪实文学"。作者的隐姓埋名，还在于该书大胆地揭露了明朝嘉靖万历年间政治的极其腐败："天下失政，奸臣当道"。这样一部"描摹世态，见其炎凉"的现实主义著作，当然为封建统治者所不容，这也是《金瓶梅》当时被禁的重要原因。清朝文字狱之酷烈，世所罕见，作者化名著书，完全可以理解。这与当今一些文人化名编造挑逗性刺激性的"通俗小说"牟利，同时又羞答答地不敢署真名，完全是两码事。"又想当婊子，又想立牌坊"，其结果只能是前者。

历史正拭目以待。

藏书梦

大约是几十年前的事了,但我还清晰地记得,那是一个炎热的夏夜。我正在屋顶上乘凉,姐姐的一位同学来找我,他姓朱,是武汉市的围棋好手。他坐在屋脊上对我说,有一个朋友的父亲去世了,留下了大批的藏书,这个朋友对书不怎么感兴趣,且急需用钱,打算将藏书全部卖掉,但有一个条件:不零卖,一次性处理。朱带来了部分书的目录,一问价,大约需要几百元钱。这个数目,对于今天的我来说,肯定是不成问题的,然而那时的我,尚在农村插队,白汗流成黑汗地干一年,不超支便属万幸,哪来的钱去买书呢?所以几百元之于我,不啻是个天文数字。

但这个消息的确触动了我,那时正值"文革"之中,满街满巷焚书的情景还记忆犹新。我不知道那位朋友的父亲是怎样将自己的藏书保存下来的,我想那一定是个非常动人的故事。朱告诉我,朋友给他的期限是三天,三天之后,他便将书卖给别人了。

朱重重地叹息着走了,他还想约其他的人,一起抢救这批藏书。那天晚上,异常闷热,我的心中,却莫名地悲凉起来。朦胧中,我走进一间古香古色的书斋,呆呆地望着一架一架的图书,不敢相信这些书都已属我所有了。慢慢地浏览到书斋深处,忽有一个高大的身影挡住了我的去路,大叫着:"这是我的书!这是我的书哇!"声音凄切悲愤。我突然惊醒了,浑身吓出了冷汗;夜色正浓,四周一片鼾声。我呆呆地坐在屋脊上,再也没有了睡意。

第二天,我便偷偷地四处借钱。那时大家都困难,谁有钱借给我呢,有的朋友一听说我借钱去买书,便异样地望着我,仿佛我是个神经病。冒着酷热跑了一天,几乎是一无所获。没办法,我只好向母亲开口了。母亲是知道我从小爱书的,给我的早点钱、理发的钱,统统孝敬给书了;后来卖苦力拉板车,一天挣二三毛钱,一点一点地攒起来,又孝敬给书店了。"孝敬书店",是母亲训我的口头禅。但母亲又觉得欠了我一笔债,因为母亲将我辛辛苦苦买的书,全给卖了。那是1969年的冬天,我在农村挑堤。天冷,没有袜子穿,写信给家中。母亲没有钱,便将我留在家中的藏书称斤论两地当废纸卖了,将我的惠特曼、托尔斯泰、莫泊桑全给卖了,换了两双厚厚的布袜子。母亲似乎很得意,说人家废品站肯收这批书,都是天大的面子呢。但这个消息却使我悲痛欲绝,后来回家狠狠地哭吼了一顿。我还记得母亲当时手足无措的样子，母亲默默地流着泪，给我打水洗脸。母亲只说了一句："不卖书，你叫我卖什么呢？"

听说我又买书，母亲沉默了。母亲是疼爱我的，她知道书就是我的命。那天晚上，母亲翻来覆去地没有睡好。早上起来，她偷偷地往我手中塞了一叠钱。母亲说，这是她攒的一点钱，全在这里了。我的心咚咚地跳了起来。我偷偷地跑到屋顶上仔细地一数，这一叠毛票子，一共才二十来块钱！

三天的期限到了，我终于没有筹到那笔钱。朱沮丧地对我说，那位朋友最后还是将书极快地当然是极随便地处理了。

我们坐在屋脊上，默默无语。

正是炎热的夏夜，还是武汉炎热的夏夜。一片片波浪起伏般的屋脊上，挤满了鱼一般喘气的人们。恍惚中，那一片片屋脊变成了一片片书脊，在这炎热的夏夜里，和我们一样，像涸辙之鲋般艰难地喘息。

我不禁想起了"相濡以沫"的故事，可是，倘若连"沫"也不存，还能"相濡"么？

一晃眼，几十年过去了。在这几十年中，我常常梦见我买到了那批书；常常梦见有人突然地给我一个惊喜：某人要卖先人传下的藏书。醒来后，痴然一笑，又觉得自己的想法过于自私，过于残酷。藏书者，倾毕生之心血，藏书于室，难道就是为了给后人贱卖了换几个油盐钱的么？要知道卖书对于藏书者，实在是剜心割肉的痛事。明末清初的钱谦益，家藏赵孟頫曾经藏过的前后汉书，为宋椠本之冠。千金购之，藏二十余年，然终因手头拮据，不得不付卖。钱谦益曾记之曰："此书去我之日，殊难为怀，李后主去国，听教坊杂曲，挥泪对宫娥，一段凄凉景色，约略相似。"失书好似亡国，可见其沉痛之极。至于现代，著名的藏书家，当推郑振铎了，他写了那么多的求书记、访书记，然而仅仅一篇《售书记》，便使人不忍卒读："售去的不仅是'书'，同时也是我的'感情'，我的'研究工作'，我的'心的温暖'！当时所以硬了心肠要割舍它，实在是因为'别无长物'可去。不去它，便非饿死不可。"于是我想起了我母亲的手足无措，想起了母亲流泪说的话："不卖书，你要我卖什么呢？"

然而我仍然断不了藏书之梦。仍然节衣缩食，像蜜蜂采蜜一样，将书一本一本地采进我的蜂房。有的书，我早已购之，然而偶尔又在书店或者书摊上发现了，总忍不住又倾囊相购，然后送给朋友们，以求同乐。如苏联小说《白比姆黑耳朵》，在旧书架上以一毛钱一本之贱价出售，我于心不忍，便将十多本全部买回，然后送给急需此书的朋友。不久前，在武胜路的书摊上，看见杨树达先生的《词诠》，与乱七八糟的杂志混在一起，虽然家中早有，仍然不忍心杨先生被那些袒胸叉腿的封面女郎压在地摊上廉价待沽。我们这辈人，没有机会如郑振铎先生那样，收藏孤本善本等珍贵秘籍了，然而我想，藏书之价值，不全在书本身之珍贵与否，而在于倾心而收艰毅而藏之精神。最近出版的《中国历代藏书家辞典》，便收录了二千七百四十七位藏书家；而像我这样爱书之书虫，历朝历代，又何止千千万万。中华文明源远流长，其丰富珍贵之典籍，倘若不是这些藏书家不避艰险，倾心搜聚，恐怕早就被焚书者烧光了，被禁书者毁光了。千百年来，藏书家与禁书者仿佛在较着劲儿，这场文明与野蛮的角斗，最恰当的比拟，只有白居易的名句："野火烧不尽，春风吹又生。"

写这篇文章的时候，窗外正下着冷雨，还叮叮咚咚地杂着冰雹子。说来好笑，提笔之因，又是几十年来反复上演过的那个藏书梦。醒来时，天尚未明，却无睡意，喃喃说梦于妻，妻却笑着摇头："就算你的梦想变成了现实，你买了那一批书，可是，这么一间窄房子，哪有地方安置你的宝贝呢？"

白壁书话

生命的随想

一位研究哲学的朋友曾经戏言：如果一个人三十岁以前不是一个浪漫主义者，那他就有毛病了；倘若一个人三十岁以后还是一个浪漫主义者，那么他就有毛病了。"诗人随想文丛"的作者们，几乎都过了三十岁，不少人已进中年，可他们仍然"浪漫"，甚至直言不讳："我确实是一个纯粹的浪漫主义者"（于坚）。看来，这些人"确实"有些"毛病"，而这"毛病"便是"诗心"不改。

曾经有这样的调侃：如今，写诗的人比读诗的人多。是的，诗已不再具有"轰动效应"，不再是革命时代的"炸弹和旗帜"（马雅可夫斯基）。许多"诗人"纷纷"下海"，或者改换门庭。然而仍然有人在坚守，例如"诗人随想文丛"的这些诗人们。

那么"诗人随想文丛"不就是散文或随笔么？于坚、

西川和王小妮、翟永明等集体"投奔"散文，是不是对诗的背弃呢？读了这套文丛，我感到仍是在读诗。在品味那种纯粹的当代诗歌，在重温一种诗歌精神。比起"呐喊时代"的传奇与斗争来，诗歌已经到达那片隐藏在普通人平淡无奇的日常生活底下的个人心灵的大海，诗人自觉的，是个人生命存在的意义，是人的内心历程，是真实的生命体验。这种生命不再隐藏在人格面具之后，而是更加率真、实在、开放、冷静、质朴、通脱，一如王小妮的书名：《手执一枝黄花》，生命便是人生唯一的一枝黄花。"几十年高举一枝花，虽然很辛苦，但是我们到现在还没有放弃，我们还愿意举着它"（王小妮）。当诗已化为这样一枝黄花时，它的任何一种摇曳的姿态仍然是诗。在这套"随想"（而不是"随笔"）里，活泼泼的，仍然是诗人的思维方式和表达方式，是诗的意象，诗的节奏，诗的语言，浪漫与理性浑然一体，一如辽阔的草原与深沉的大海。

历史有惊人的相似之处

虽然孔老夫子早就说过："食色，性也"，但是千百年来，"性"在中国，仍然是一个忌讳谈论的"肮脏"的字眼。当然，这并不妨碍历代帝王们荒淫无度、达官贵人们纳妾嫖娼，也不妨碍《金瓶梅》、《肉蒲团》的流行。禁欲与纵欲从来就是一对孪生兄弟。要说起对性的研究，也只停留在"房中术"和修炼、养生上。真正将性作为一门学问来研究,是在打倒"四人帮"之后,而在性文化的研究上取得大成就者,当推上海的刘达临先生。

刘达临是个社会学专家,从1985年开始研究性社会学和性心理学。1989年至1990年,他成功地主持了全国两万例"性文明"调查,出版了《中国当代性文化》的调查报告。这样大规模的样本调查,在中国是前无古人的,因此,这本调查报告被誉为"中国的金西报告","中国性科学的奠基之作"。1993年,长达七十万字的《中国古代性文化》一书又出版了,刘达临因而获得了"赫希菲尔德国际性学大奖",他是获此大奖的第一位亚洲学者。

《世界古代性文化》(上海三联书店1998年1月第一版)是刘达临先生的又一专著。由中国而世界,刘达临先生又登上了一座性文化研究的高峰。世界古代性文化是一个崭新的研究领域,我们惊异地发现,历史有惊人的相似之处。在千万年前,世界上许多地区、许多民族都没有文化交流,但却走着相似甚至共同的性文化发展道路。这不是偶然的巧合,而是因为人性是共同的,人对性的自然需求是共同的,而以生产力发展为基础的社会发展规律也是共同的。刘达临先生以大量、详实的资料,具有说服力的论述,为我们揭开了世界古代性文化的帷幕。尤其令人感兴趣的是,刘先生还是一个中国古代性文物的收藏者,他在上海

《世界古代性文化》书影

建立了中国第一个古代性文物博物馆。在写此书的过程中,他又收集了大量的世界古代性文物和性文化图片、绘画资料。刘先生在此书中将这些文物、资料作为插图有机地随文引用,无疑使此书的内容更加丰富。

  我是刘达临先生的热心读者,在为珠海出版社策划"中年丛书"时,曾请刘先生加盟赐稿,与刘先生有过书信往来。后来由于种种原因未能如愿,至今仍深感遗憾。

为什么我眼中常含泪水

我的朋友邓一光向我推荐美国专栏作家鲍伯·格林的纪实文学《我的天下》，他说真该好好读读迈克尔·乔丹。我知道乔丹是美国著名的篮球明星，是不断创造奇迹的篮球英雄，我还知道有的女球迷为了得到他的签名情愿躺在他的车前让车从身上碾过，我还知道在如火如荼的球赛中电视台的摄像机竟然舍弃比赛，而将镜头对准正下场休息的乔丹。但我当初没在意。眼下各类明星的传记正像方便面一样批量生产着，而我以为这些明星的轶事只不过是大众茶余饭后的口香糖。

我是在旅途中看完这本书的。说实话，我一次又一次地被感动。一个罪犯的孤儿爱篮球，乔丹在上场前不但和他亲切地聊天，而且让这个9岁男孩帮他守位子，给予他温情与快乐；一个四肢萎缩痉挛的残疾女孩也爱看球，乔丹不但想法帮她买球票，而且在又一个赛季开始时，给她寄去厚厚一叠球票，还写信说："期盼每一晚都能见到你。"鲍伯·格林以记者的客观与冷静，真实地展现了乔丹的生活和内心世界，展现了一个男人的人格魅力。这种魅力不在于他是被球迷和传媒狂热宠爱的明星，而在于他的率真，他的质朴，他对人尤其是对弱小者的关爱，他对亲人的温柔，当然，还有他对篮球的热爱，以及作为职业球员的敬业精神。乔丹说，每当他上场时，听全场欢声雷动，常常泪眼迷朦。他感觉到别人的尊重和爱，于是他每一场比赛都全力以赴。

一个真正的男人常会"泪眼迷朦"的，因为他的爱象海一样博大而深沉。

一代人的精神纪念碑

在知青题材的出版中，《中国知青诗抄》的出版，无疑是一件值得纪念的事情。它的价值远远超越了一般的诗歌选集，它用三百余首知青当年创作的诗歌，筑起了一座整整一代人的精神纪念碑。毫无疑问，相对于"中国知青"而言，这些诗歌只是知青诗海中的一朵浪花，一朵具有代表性的浪花；更多的知青诗歌，如同海底的珠宝，沉寂在民间，沉寂在当年知青的笔记本中。然而，从这么一朵浪花中，我们便可以感受到那个特殊年代的风风雨雨，感受到知青们在"文革"中的精神历程。在这些三十年后才发表问世的诗歌中，理想与激情，狂热与盲从，迷惘与幻灭，怀疑与反思，苦难与觉醒，豪迈与悲怆，放歌与叹息，失落与收获……是那么复杂而丰富、矛盾而和谐地交织在一起，奏响了一代人的青春之歌。

在这本诗抄里，许多"文革"中的"地下文学"和"手抄本"诗歌庄严地浮出了海面，在沉淀了三十年后，它们终于无可争议地走进了中国当代文学史。郭路生

（食指）、舒婷、芒克、林莽、多多、郭小林、马佳、一平……他们在20世纪70年代创作的诗歌，不仅是"知青文学"的文献，而且在思想内涵和表达方式上，是80年代那场惊世骇俗的席卷中国诗界大风暴的源头。因此，《中国知青诗抄》出版的意义，不仅是历史和文献的，而且是文学和诗歌的；不仅是青春和苦难的见证，而且是中国当代思想史和精神史的活证。同时，"知青史"也是"文革史"的一部分，对于这么一场世界上绝无仅有的运动，现在的回顾、反思、研究不是多了，而是少了。有人对"知青题材"似乎显得忧心忡忡，倘若他们认真读一读《中国知青诗抄》，便不会杞人忧天了。

震撼人心的《黑镜头》

我很早就有着收藏老照片的癖好，确切地说，是喜欢那些真实地记载了历史和人生的瞬间的新闻图片，例如《目击世界》系列，例如美国著名新闻摄影家约翰·菲利普斯的图文并茂的回忆录《此生见闻》。近年以来，随着老照片的问世，书市上出现了一股"老照片热"，《老相册》呵，《知青老照片》呵，《红镜头》呵，纷纷搭车上路。但是，我应该承认，最近出版的《黑镜头》，给我的震撼是巨大的。《黑镜头》的副书名是"西方摄影记者眼中的世界风云"，实际上，它是世界著名的"普利策新闻摄影奖"、"世界新闻摄影大奖"获奖作品的精华汇编。在这本书中,我们不仅看到了战争、暴力、仇杀、贪婪、疾病、饥荒和苦难,而且也看到了和平、正义、人道、博爱,看到了伟大的科学实验和普通人的日常生活。

一辆波黑战场的运尸车正在倒卸塞尔维亚士兵的尸体,这些曾经是活生生的人的士兵,如今像垃圾一样成车成车地随意装卸。一只冲锋手枪对准了一个塞族阻击手的后脑勺,即将被处决的阻击手怕冷式地缩起了头。最使我感到毛骨悚然的,是这样一副画面:在尼加拉瓜风景如画的山林里,一个被秘密杀害的反政府者的尸体,已经被野兽剥食得只剩下两条残缺的大腿和一条完整的脊柱。只有依稀可辨的牛仔裤,才标志着这堆"食物"曾经是个"人",是个有过亲人和爱情,有过思想和行动的人。使我震撼的当然不仅仅是战争和残杀,艾滋病和环境污染给人类带来的痛苦,以及那些怀着人道和爱心照护濒临死亡的艾滋病人的护理人员,同样凸现了生命的脆弱和人性的崇高。

与生命被侮辱、被戕害形成鲜明对比的,是生命的诞生。瑞典的摄影家伦纳特·尼尔森花费十年心血拍摄的人类胚胎发育过程,便是科学和摄影的大成功。我们难以置信地看到了精子进入卵子的一瞬间,看到了生长八天的受精卵,看到了子宫中三个月的人类胎儿,看到了生命是怎样像种子一样发芽、生长。

值得称道的是《黑镜头》的编排和文字说明,它将这么多的照片以"故事"的形式进行了有机的编排,每一辑故事后面还附有一页空白的"读书心得",给了读者一个沉思和遐想的间隔和空间:这就是 20 世纪人类的历史,这就是世界上最难忘的瞬间。

拳头与枕头

《血色黄昏》是我的朋友高伐林从北京寄来的。因为我听说这本书一出版,顿时"洛阳纸贵",又听说作者"老鬼"的母亲就是写《青春之歌》的著名作家杨沫,老鬼在书中披露了"文革"中他挨整时杨沫不认他这个儿子云云,似乎此书中有许多"新闻"。于是写信托伐林在北京代购。然而书寄到时,此书已作为畅销书出现在武汉的个体书摊上了。它的"畅销",大概是出于书名,个体书摊的老板们误认为它是"拳头加枕头"的玩意儿了。例如《武汉青年报》曾刊登过特写《武昌南站的二十四小时》,其中就提到一些书贩子在黑夜里向行人神秘地兜售此书,当然,绝对是高价。

也难怪,这年头书贩售书发财的决窍,一是靠书名的耸人听闻,二是靠封面画的感官刺激。但我坚信,那些靠炮制、倾泻"拳头加枕头"而发横财的灵魂终有一天会钉在历史的耻辱柱上。

《血色黄昏》中确实也有"拳头"与"枕头",但那是令人发颤的"拳头"与"枕头"。主人公的拳头可谓厉害了,他可把老牧主打得"人事不省",可把刚愎暴烈的复员军人王连富打得"凄切地叫唤",然而另一只"拳头"却将他打成现行反革命分子,坐土牢,反戴手铐,挨批斗,劳改,当然也少不了挨打。这只"拳头"砸了他整整八年,便砸出了这本"真实得可怕"的四十五万字的长篇。而那"枕头"呢,却是"当权者的性疯狂","少女以纯洁肉体换取前途"。这是真实的历史,每一个当年的"老三届"都会说出一串这样的故事来。

我是断断续续读完这本书的. 因为我一边读一边觉得有一只手在无情地揭我心上的伤疤,我觉得很疼。待我读完时,正是12月1日,而这一天,正是我当年下乡插队的纪念日。

从《血色黄昏》中看到了自己当年的"血痕"的,难道仅仅只是我一人么?

梦中的橄榄树

常常想起三毛去世时引起的震荡。

那时我还在一个编辑部当编辑。那天,在拥挤的公共汽车上,有好多人在谈论着,三毛死了。到了编辑部,一位编辑告诉我,三毛死了。回到家里,女儿告诉我,三毛死了。晚上,一位来访的朋友说,今天的卡拉OK真有意思,许多人争着唱一支歌,这支歌曲叫《橄榄树》,因为歌词的作者三毛死了。

于是,我才意识到,三毛的的确确是死了,虽然报道她在医院上吊自杀身亡的报纸就摆在我的书桌上。

是的，三毛其实离我们很远，很遥远很遥远，隔着山隔着水隔着一道深深的海峡。是的，她曾经一夜间在大陆"热"了起来，而且热了很久。但我应该坦率承认，我并不象青年学生那样狂热地崇拜她，我已经腰围渐粗，不再年轻了。这么多年，也已经"热"够了也"热"怕了，但是我却喜欢她。直至她去世时，我才知道，她已经48岁，可我一直以为她还是个极有个性的女孩子。一个真诚地拥抱人生的女孩子，一个无所畏惧地四处流浪，寻找梦中的橄榄树的女孩子。"三毛"这个符号，实际上已成为真诚与爱的象征，青春与个性的象征，追求与执著的象征，她与虚伪、丑陋、庸俗、自私勇敢地对峙，并在这种对峙中凸显出一种人格与人性的魅力。在港台作家中，她所"畅销"的不是惊险曲折的情节，不是卿卿我我的故事；她所"畅销"的是她自己，是她在散文与歌中袒露的一颗真诚的心。

现在，她死了。像许多我所喜爱的作家诗人一样，用自杀结束了生命：茨威格、海明威、叶赛宁、马雅可夫斯基、芥川龙之介、老舍……是的，法国作家加缪曾说过这样一句名言："真正严重的哲学问题只有一个，那就是自杀。"但是，我仍然不能接受她的自杀，仍然不能相信她的自杀。也许，在不久的将来，会有许多文章披露她自杀的内幕。但我宁愿相信她超脱于对死亡的恐惧痛苦之上的人生并没有结束，就象她潇洒地唱着歌儿去寻找梦中的橄榄树一样。

于是我的心在这寒冷的冬夜里张开了翅膀，越过山越过水越过那道深深的海峡。世界上还有什么东西能够阻挡心的飞翔呢？它会在海峡上空集结，组成一道最美丽的鹊桥，如同载着她的歌声而来，载着故乡的温情而去。

就在那天，整个中国大陆都知道有一位台湾女作家死了。就在那天，整个中国大陆都为她唱起了《橄榄树》：

因为她的名字叫三毛，因为她的故乡是中国。

永恒的世界

路遥死了，42岁的路遥死了。

就在不久前，我读到了他有关《平凡的世界》这部百万字的长篇巨著的创作随笔：《早晨从中午开始》。多年来，他远离城市，远离亲人，在寂寞与孤独中咬着牙关拼命创作他的多卷体长篇小说。他终于病倒了，他病得很重很重，他已经被病魔推到了死亡的边缘，可是他又以顽强的生命力扼住了病魔的咽喉，完成了他的长篇巨著。

读着他的这些随笔，我好感动。我觉得自己的心和他贴得好近好近。因为我也曾在深山老林中将自己封闭起来，创作长篇小说《十四岁的森林》。生活的艰苦、孤独的折磨、病痛的摧残，每天强迫自己机械笔耕的疲累，希望与失望交织的精神痛苦。"躺在床上，有一种生命即将终止的感觉。"这种感觉，我在创作《一百个中国孩子的梦》时就曾体验过，并为之付出了不可挽回的代价。尽管在文学创作这场无休止的马拉松式的攀登中，我没有达到路遥的高度，但我却体验到了路遥所叙述的艰辛而贴近了他，同时，我又为他高兴。不是因为他终于获得了茅盾文学奖，而是因为他顽强地活了下来。

然而他却突然地死了，他才步入中年。"中午"才刚刚"开始"，人生和事业灿灿地如日中天。然而他却倒下了，这个平凡的世界突然一下没有了路遥。这个喧嚣的世界于浮躁不安中又一次发出了"英年早逝"的叹息。

我不知道有多少人感受到了这样一声叹息。中国人正呼啦啦地忙着赶路。从豪华的"奔驰"，到古朴的牛车与毛驴，还有成千上万风尘仆仆的徒步跋涉者。大伙儿全都涌到了一条道儿来，呼啦啦的车流人流争先恐后拥挤着，仿佛前面就是阿里巴巴的山洞，大伙儿需要的不是百万字的巨著，不是文学或艺术，而是一句简单的"芝麻开门"的咒语。

路遥不是阿里巴巴，作家不是阿里巴巴。当今中国的作家正面临着生存的困境，他们被这个浮躁不安的世界彬彬有礼地冷落了，虽然他们长年累月孤灯苦雨自我摧残地劳作，虽然路遥和他的同志们用热血锻造了一把又一把的金钥匙，虽然这些金钥匙也能开门，而且，能打开藏有无价之宝的山洞之门。

但是路遥和许许多多英年早逝的作家们需要的不是同情和叹息，许许多多活着的路遥需要的也不是同情与施舍，他们的命运就是于寂寞与贫困中锻造金钥匙，他们的生命与灵魂全都铸入了这些金钥匙，他们知道人类需要它，他们知道这个浮躁的世界尤其需要它。人们不在乎这个世界并没有事先定做，也不在乎这个世界往往只是在需要这些金钥匙时才匆匆记起默默劳作且无怨无悔的锻造者，一个尊重金钥匙的锻造者的世界才是健全而非跛足的世界。路遥已经为这个世界锻造了一把金灿灿的钥匙，因此他面对平凡的世界死而无憾。

路遥死了，静静地去了，走向了崇高，走向了永恒。生命的价值不在于它运行时间的长短，也不在于它消失的方式。生命的最后归宿是大地，而大地则是最公正、最铁面无私的天平。

永别了，路遥。

可怜的雍正

读朱维铮的《走出中世纪》，突然觉得清雍正皇帝有点可怜。

说雍正"可怜"，有些朋友不服气了：这么一个残忍的独裁者，这么一个大兴"文字狱"的专制君王，说

《走出中世纪》书影

他"可怜",岂不是有哗众取宠之嫌么?

是的,雍正的冷酷乃至猜忌、虚伪,在中国漫长的中世纪的封建独裁者中,的确是有名的。清朝头几个皇帝都极佩服明太祖、明成祖父子,因为这对父子特别善于制造政治恐怖。明太祖晚年大杀功臣,他发明的"剥皮揎草":将人活活剥皮塞入乱草,然后挂在衙门口示众;明成祖夺了侄儿的皇位后,将拒降的大臣统统处死还不算,并侮其妻女。但是雍正比起明太祖父子来，有过之而无不及，清朝著名汉学家戴震抨击他"以意见杀人"。龚自珍在《乙丙之际箸议》中抨击他"文亦戮之，名亦裁之，声音笑貌亦戮之。"雍正的恐怖手段之一，便是密折制度，即鼓励官员们"打小报告"。

"打小报告"当然不是雍正的首创，在他之前，康熙鼓励大臣下属打小报告已有三十年历史。曹雪芹的祖父曹寅便是靠打小报告起家的。小报告的内容不分巨细，康熙指示"就是笑话"也可报告，而雍正更明白规定"但有所闻，不必待访的确，先即密奏以闻。"这样一来，当然是小报告满天飞，人人自危。不过这也"苦"了雍正皇帝：其在位十三年，现存的密折就有二万二千余件，平均每日五件，且每折有批示，"批语少到几十，多则盈百累千，而且字斟句酌，考究书法，辛苦程度可知"。最妙的是他的自白："如此用密折，不具题本。则是非全在于朕，倘误用匪人，天下后世之讥议，朕安能独当？"由此可知，"他靠密折政治过日子，最大的主观原因在于心存恐惧——既怕大权旁落，又怕遗臭万年"。因此，他最终成为密折制度的奴隶，岂不可怜乎？

"那么，密折政治的谬种不流传了么？有历史在"。这是该书中《二百五十年前的"小报告"》一文的结尾，亦是本文的结尾。

六书坊 书目

六书坊第一辑目录
舌尖上的江南
淋湿的幽默
科学收藏趣味录
钻石秘史
百年时尚符号
走吧,去西藏

六书坊第二辑目录
南海 远方的家
看穿莫言
一个背包客的光影六城记
为一个念想去旅行

六书坊第三辑目录
舌尖上的东北
美国拾零
用诗歌冒犯时代的疯子
——诗人食指
看穿史铁生
往事碎屑
故乡失落的鸟

六书坊第四辑目录
西藏,一路光影
红月亮
——一个孔子学院院长的汉教传奇
他乡的中国
——密约下的中东铁路秘史
看穿王小波
舌尖上的潮汕
巴黎小姐的午夜

六书坊第五辑目录
男人 女人 残疾人
舌尖上的私房菜
是谁围着篝火在跳舞
好个大汉口
旧欢

六书坊第六辑目录
舌尖上的西北
戏边草
蓝厅的故事
故乡花事
流散中国的犹太人
爱神花园笔记